文春文庫

潮待ちの宿

伊東潤

JN019590

目次

潮待ちの宿

初出「オール讀物」
触書の男　二〇一六年十二月号
追跡者　二〇一七年六月号
石切りの島　二〇一八年十月号
迎え船　二〇一七年十二月号
切り放ち　二〇一八年十二月号
紅色の折り鶴　二〇一九年六月号

単行本は二〇一九年十月に文藝春秋より刊行されました。

DTP　ローヤル企画

触書の男

一

笠岡《かさおか》には寺や社《やしろ》が多い。狭い道を行けばすぐに寺社に行き当たるので、その度《たび》に志鶴《しづる》は手を合わせた。

九歳の時、実家の口減らしで、備中《びっちゅう》国北部の寒村から笠岡の旅宿《たびやど》・真《ま》なべ屋《や》に連れてこられた志鶴は、もう十四歳になっていた。

道の片隅に立つ小さな地蔵や祠《ほこら》に手を合わせていると、「何を祈っているんだい」と老人から問われることがある。しかし今の志鶴には、とくに祈るものなどない。ただ、これまでの習慣を続けているにすぎない。

かつて志鶴には祈る理由があった。里に帰りたい一心で、神仏と名のつくものすべてに「里に帰してくれ」と祈っていたのだ。

だから真なべ屋に連れてこられた頃は泣いてばかりいた。もう両親にも、むさんこ（無茶者）の五郎作兄《ごろさくに》いにも、よく昔話をしてくれた猫屋敷の婆《ばば》にも会えないと分かると、涙がとめどなく流れてくるのだ。

連れてこられてから半年ほど、真なべ屋の主人の伊都《いと》は夜な夜な泣き続ける志鶴を抱き、一緒に寝てくれた。

伊都は志鶴の父と従兄妹《いとこ》の間柄で、志鶴がここに来たのも、人買いによるものではなく父に連れてこられたのだ。

父は「笠岡で祭礼があるので、志鶴を連れていく」と言った。兄の五郎作は「わしも行きたい」と喚《わめ》いたが、父は取り合わなかった。志鶴は大きな町に行けるというだけでうれしくて、前夜はなかなか寝つけなかった。

出発の朝、はしゃぐ志鶴に、母は沈んだ顔で「気をつけて行ってくるのよ」と言い、肩に手を置いた。それがやけに長かったことが気になった。でも大きな町に行けるという喜びに、その違和感はかき消された。

五郎作兄いをはじめとした兄弟姉妹が家の前で見送る中、志鶴は「行ってくるね！」と言って意気揚々と出発した。ところが笠岡に着いたものの、祭りらしきものはやっておらず、そのことを問うても、父は何も答えてくれない。

どこに行くとも知らされず父に連れられ、海の見える丘にある真なべ屋という宿に着くと、父は志鶴を庭に待たせて中に入っていった。

ぼんやりと海を眺めていると、父と女性が現れた。女性は母よりも年上だが、はるかに色白で、庄屋の家で見たことのある博多人形のようだった。

父は志鶴の頭に手を置くと、「野暮用を済ませてくるので、ここで待っていてくれ」と言って出ていった。

その時、傍らに立つ女性が「父ちゃんに手を振りなさい」と言ったのを、志鶴はよく覚えている。言われるままに手を振ったが、どうせすぐに会えると思っていたため、少しだけ振り、後はぼんやりと父の後ろ姿を見ていた。

なぜかその時、父は幾度も振り向きながら坂を下っていった。

父はめったに感情を面《おもて》に出さない男だったが、最後に振り向いた時、これまで見たことのないほど辛《つら》そうな顔で、志鶴を見つめていたのをよく覚えている。

それが何を意味するのか、その時には分からなかったが、夕方になっても父が戻ってこないことで、志鶴はその理由を覚《さと》った。

日が暮れて志鶴がしくしくと泣き出すと、伊都は志鶴の両肩に優しく手を掛け、「今日から、あんたはここの子になるのよ」と言い聞かせた。

それから志鶴は、毎日のように泣いていた。その度に伊都は、「もう泣くのはおやめ。泣いたって何も変わらないよ。過去のことは忘れ、先のことだけ考えていこうよ」と言って志鶴を慰めてくれた。

それでも昼の間は気が紛れた。伊都から様々な用事を言いつけられ、それを懸命にこなしていたからだ。しかし夜になって寝床に就くと、決まって里のことを思い出した。

志鶴がしくしくし出すと、隣で寝ている伊都は志鶴を抱き寄せ、子守唄を歌ってくれた。伊都がかすれた声で歌う子守唄を聞いていると、なぜか気持ちが落ち着き、眠気が襲ってくるのだ。

そんなある日、志鶴が裏で水を汲んでいると、ある客が「あの子はよく気がつくね。おかみさんの子かい」と問うているのが聞こえた。その時、伊都は「ああ、そうですよ。あの子は大事な大事なうちの子です」と答えていた。

それを聞いた時から、志鶴は泣くことをやめた。泣いたところで、里に戻れる日は来ないと気づいたのだ。志鶴は里のことを思い出さないようにした。そうすると、すべての風景が一変した。これまで涙で曇っていた町も海も、いきいきとした色彩で志鶴を取り巻いているのだ。

――わたしは、この町で生きていく。

それ以来、笠岡は志鶴の町になった。

備中国の南西部にある笠岡は、瀬戸内海が内側にくびれるように湾曲している位置にあり、気候が温暖な上に波が穏やかで、船が停泊するのに適した港町だった。

備中国西部の農村から笠岡に集められた天領の米・大豆・塩・綿・煙草・茶は、廻米《かいまい》船《せん》に載せられて大坂へと廻漕されていく。その「津出し港」として、笠岡は栄えていた。

さらに大坂と下関を結ぶ便船の停泊港にもなっていたので、港はいつも喧騒に包まれていた。

岬のように海に突出した古城山《こじょうざん》を間にして、笠岡には二つの港がある。東にあるのが伏越《ふしごえ》港で、西にあるのが笠岡港だ。明確な決まりはないものの、いつしか商船の積出港として伏越港が使われるようになり、笠岡港は漁船と便船の停泊地となっていた。笠岡の総氏神である笠神社《かさ》の参道から横に入った道の先にある真なべ屋は、ちょうど笠岡の二つの港を望める位置にあった。

江戸時代中頃までは、大規模な廻船業者が笠岡港を本拠にして手広く商売を営んでいたが、志鶴が笠岡にやってきた安政《あんせい》元年（一八五四）には、取扱量が半減していた。というのも伏越港と笠岡港は、それぞれ宮地《みやじ》川と隅田《すみだ》川という二つの河川の河口に造られているため、湾内に土砂がたまり、次第に大船が停泊しにくくなっていたからだ。しかも、近隣の玉島《たましま》などの諸港が安価な津料《つりよう》（利用料）で対抗してきたため、安政年間には伏越・笠岡両港の利用者が激減していた。

そのため次第に町の風景も変わっていった。

かつて笠岡には、多くの旅宿があった。あったというのは、その大半がすでに廃業し、いまだ旅宿をやっているのは、志鶴のいる真なべ屋をはじめとして、ほんの数軒になっていたからだ。

これらの旅宿は総称して「潮待ち宿」と呼ばれた。

この名は、かつて海が荒れる満潮を嫌い、引き潮を待つ船が寄港し、その船手衆や客が泊まったことに由来する。しかし安政六年（一八五九）になった今は、潮待ちを必要としない大船が多くなっていた。

どのような経緯で、伊都が笠岡に旅宿を開いたのかは定かではない。そこには何か深い理由がありそうで、志鶴は問うのを控えていた。

真なべ屋には、伊都のほかにも半《なか》という五十半ばの女と、その連れ合いの辰三《たつぞう》という初老の男が働いていた。二人は宿の裏手にある小さな家から通ってくる。二人は伊都の前では愛想がいいが、伊都がいないと不愛想で、ほとんど会話もしない。志鶴の両親は仲のよい方だったので、こういう夫婦もあるのかと、志鶴は不思議だった。

宿には様々な人が泊まっていく。煙草や茶を仕入れていく商人、逆に笠岡まで各地の名産品を運んでくる仲買人、備中国の内陸部に何かを売りに行く行商たちが、ひっきりなしにやってきては、いずこかへ去っていった。

客は年配者が多かった。というのも若い客は伏越の女郎屋に取られてしまうので、潮待ち宿には、女を買わない中年以上の男たちが泊まっていくのだ。

彼らの目当ては伊都だった。ただ話をするのが楽しみで泊まる行商の老人もいれば、真剣に夫婦になってくれと頼み込む中年男もいる。

だが伊都は、どれだけの分限《ぶげん》（金持ち）が「嫁に」「妾に」と頼み込んできても、決して首を縦には振らなかった。笠神社の宮司によると、「紀伊國屋《きのくにや》が大船団を仕立てて迎えに来ても、おかみさんはうんとは言わないよ」とのことだった。

伊都にその理由を尋ねても、「わたしには宿があるからね」と言って笑うだけだった。

笠岡に連れてこられてから五年が経ち、志鶴はすっかり町に解け込んでいた。

春霞で町がぼんやりとしていた日のことだった。朝の仕事が一段落したので休んでいると、表口で「ごめんよ」という声が聞こえた。

志鶴が「はーい」と答えて出てみると、目つきの鋭い男が立っている。男は手甲脚絆《てっこうきゃはん》の旅姿だが、行商ではないらしく荷物は振分行李《ふりわけごうり》一つだった。

「お泊まりですか」

「ああ。部屋は空いているかい」

「ええ、空いています」

「一泊いくらだい」

「大部屋だと百五十文、二階の一人部屋だと二百文で、それぞれ朝餉《あさげ》と夕餉が付きます」

宿には食事が付かないものだが、真なべ屋は伊都の手料理を売り物としているので、朝夕の二食を付けるようにしていた。

「そいつは助かる。では、二階に泊まらせてもらおう」

そう言うと男は上がり框《がまち》に腰を下ろし、懐中から取り出した一両小判を帳台机の上に置いた。

「何日か厄介になる。細かい銭の持ち合わせがないんで、これを置いておく」

「えっ、よろしいんで」

一両小判をポンと出す客は初めてなので、志鶴は戸惑いを隠しきれない。

「ああ、いいよ」

「それではお預かりします。少しお待ち下さい」

小判をしっかりと懐の奥深くに押し込んだ志鶴は、奥に行って盥《たらい》と手拭いを持ってくると男の足を洗った。その時、足の裏に何カ所かたこができているのを見つけた。

「痛みませんか」

「何が」

「これです」

志鶴がたこの一つをそっと押すと、男は平然と答えた。

「たいしたことはない」

男は足を引きずることもなく平然と歩いてきた。だが志鶴は、そのたこの大きさから痛みを感じているはずだと思った。

——痩せ我慢しているのかしら。

旅人が宿に着くと、些細なことで痛がったり、しきりに「疲れた」と言ったりする。これで休めるという安堵感と、伊都に同情してもらいたいからだ。だがこの男は、そうした者たちとは逆に平然としている。

——不思議なお客さんね。

部屋に男を案内して階下に戻ってみると、ちょうど伊都が所用から戻ってきたところだった。

「お客さんが来られたのかい」

「はい。一見《いちげん》さんです」

「珍しいね。大坂の方かい」

「いいえ。言葉は江戸弁のようでした。何日か滞在するそうです。それでこれを先に預けておくと仰せで――」

　志鶴が小判を渡すと、伊都は口をぽっかり開けた。

「何日いるつもりだろうね」

「分かりません」

　伊都は鏡の前に飛んでいくと、櫛《くし》で髪をすき、簪《かんざし》の位置を直すと言った。

「いずれにしても上客だ。ちょっと挨拶してくるね」

　そう言って二階に上がった伊都だが、すぐに戻ってきた。

「あれ、どうしたんですか」

「いろいろ水を向けたんだけど、どうにも話が弾まないんだよ。迷惑かもしれないので早々に退散してきたよ」

「へえ、おかみさんが――、珍しいですね」

「お客さんの中には、一人にしておいてほしいという方もいるのよ。それを感じ取るのも、この商いの大事なところ」

　伊都は真鯛《まだい》のさばき方だけでなく、こうした経験から得た知識をよく志鶴に教えてくれる。

しばらくして志鶴が宿帳を持っていくと、男は黙って海を見つめていた。

「宿帳を置いていきます」

「分かった。後で書いておく」

会話はそれだけだった。

春の心地よい海風に吹かれていても、男は何かを考え込むような顔をしていた。

後で宿帳を取りに行くと、「与三郎《よさぶろう》　江戸」とだけ書かれていた。

二

夕方になると、商用を済ませた客たちが三々五々宿に戻ってきた。夜ともなれば知らぬ者どうしが酒や肴《さかな》を持ち寄り、ささやかな酒宴が始まる。とくに今夜は一階の大部屋に三人も泊まっており、賑やかなことこの上ない。

伊都から、笠岡港にある市で魚四尾と蛤《はまぐり》を買ってくるように言いつけられた志鶴が、港から宿に向かう道を歩いていると、与三郎に出くわした。

すでに日は沈みかけており、人の顔さえはっきりしないが、なぜか与三郎は一人で港の辺りを散策していたらしい。

その様子に不穏なものを感じた志鶴だが、夕餉をいつ食べるかは聞いておきたい。それに合わせて魚を焼くからだ。

「あのう――」

志鶴が背後から声を掛けると、驚いたように与三郎が振り向いた。その素早い身ごなしに驚いた志鶴が、思わず身を引く。

「何だい、宿の娘さんかい」

「いいえ、わたしはおかみさんの娘ではないんです」

「そうか。それで、何の用だい」

常であれば、伊都との関係を聞かれるのだが、与三郎は何の関心もないようだ。

「夕餉はどうしますか」

「そうか。もうそんな時間か。考えていなかったな」

「宿に戻られて、すぐに食べられますか」

「そうだな。そうしてくれるかい」

「は、はい」

小走りに宿に戻ろうとすると、背に与三郎の声が掛かった。

「ときに亀川屋《かめかわや》さんの船は、伏越には着かないのかい」

「えっ」

「伏越港に行ってきたんだが、亀川屋の紋が入った船が一艘《そう》も見えないんだ。どうしてだろう」

予想もしない質問に志鶴は戸惑ったが、すぐに答えた。

「亀川屋さんの船は伏越ではなく、笠岡に着きます」

「そうか。地元の廻船は伏越港に着くんじゃなかったのかい」

「小さな廻船問屋さんや他所《よそ》の廻船問屋さんは伏越港を使っていますが、亀川屋さんや胡屋《えびすや》さんといった大きな問屋さんは、その決まりができる前から笠岡港の前に蔵を造っていたので、そのまま笠岡港を使ってます」

「そうだったのか。無駄足になっちまったな」

与三郎が舌打ちする。

どうやら与三郎は、誰かに「廻船問屋の船は伏越港に着く」と教えられたらしい。だが、亀川屋や胡屋といった大手問屋の事情までは知らされていなかったのだ。

亀川屋は笠岡港の蔵元で、廻船業を営むだけでなく、備中西部の天領から津出しされる廻米の収納業務を請け負っていた。胡屋とは競合関係にあり、天保の頃までは、双方が共に収納業務を行っていた。

しかし胡屋が、幕府の出した「廻米津出し心得」に抵触する不始末を仕出かしたので、廻米業務は亀川屋が独占するようになっていた。だが、かつてのように備中西部の天領全体の米が笠岡に集まってくるわけではないので、随分と取扱量は減っている。

「仕方ない。今日は宿に戻るとするか」

空を見上げながら与三郎が言う。もう暗くなってきたからだろう。

「分かりました。わたしは先に帰って夕餉の支度を整えます」

「湯屋に行ってから飯を食うので、そんなに急がなくてもいいぜ」

背後から与三郎の言葉が聞こえたが、志鶴は一刻も早くこの場から去りたい一心で、「はい」と答えるや小走りに宿に向かった。

宿へ戻る道すがら、志鶴は与三郎の言動を反芻《はんすう》してみた。

——何かおかしい。

伏越港を歩き回っていた与三郎は、亀川屋のことを問うてきた。それで大手の廻船業者が笠岡港を使っていることを教えると、舌打ちして「無駄足になっちまった」と言った。おそらく伏越港を見て回った時間が、無駄になったと言いたかったのだろう。

しかし与三郎が何を目的として笠岡に来て、何のために港を見て回っているのか、志鶴には見当もつかない。

「あっ、志鶴ちゃん」

あれこれ考えながら歩いていると突然、声が掛かった。目の前に毛むくじゃらの脛《すね》と下駄が見える。

はっとして顔を上げると、背丈が六尺（約百八十センチメートル）ほどある男が立っていた。

「今日は随分と可愛いのを着ているじゃない」

声を掛けてきたのは、笠岡にある女郎屋の一つ、あさひ楼の主人のたあちゃんだった。

宿へは別の道から行くこともできるが、志鶴は近道をしようと、女郎屋のある伏越小路を歩いてきたのを思い出した。

たあちゃんは女言葉を使うだけでなく、髪を先笄《さっこ》に結い、女郎の着古した派手な女物の着物を羽織り、白粉《おしろい》を付けて町を歩き回るので、町衆からは顔をしかめられていた。

「あっ、これですか。おかみさんが買ってくれたんです」

伊都が所用で倉敷に行った折、志鶴のために紅樺《べにかば》（紅色がかった樺色）の地に小さな瓢簞《ひょうたん》を散らした古着を買ってきてくれた。志鶴はたいそう気に入り、港に便船が着く日は必ず着ていった。

「いいわね。可愛がってもらえて」

「そんなことありません」

「でもね、ここにいる女の子たちに比べれば、あんたはどれだけましか。おかみさんに感謝するのよ」

「は、はい」

周囲には紅燈《こうとう》が光り、遊女たちがかまびすしく話をしながら歩き回っている。

「あんたはいい子ね。おかみさんは幸せ者よ」

「それで、何かご用ですか」

与三郎が追ってきている気がした志鶴は、早々にこの場から去りたかった。

「そうそう、おかみさんに伝えてほしいことがあるのよ。三日後は月の終わりでしょ。

山の村々から田舎もんが大挙して押し寄せてくるのを知っているわね。それで奴ら亀川屋さんから売掛をもらうでしょ。それで懐が温かくなるから、いつものようにうちらの店に流連《いつづ》けるんだけど、ほら先月、稲木屋《いなきや》さんが店を閉めちゃったでしょ。それで田舎もんたちの中には、きっとあぶれちゃう人も出てくると思うの」

たあちゃんは、白粉の塗られた大きな顔を近づけてしゃべるので、志鶴はつい二歩、三歩と後ずさってしまう。

「あぶれた人は機嫌が悪くなるじゃない。それをうまくなだめられるのは、おたくのおかみさんしかいないでしょ。そんなわけで、うちのあぶれ客を真なべ屋で引き受けてほしいのよ」

「ああ、そういうことですね」

志鶴にも、ようやくたあちゃんの言いたいことが分かってきた。確かにほかの潮待ち宿といえば老夫婦がやっているところばかりなので、不機嫌な客をうまく扱えないことがある。

「じゃ、よろしくね」

たあちゃんが片頬を歪《ゆが》めるように微笑む。

「伝えておきます」

志鶴は逃げるようにしてその場を後にした。

三

志鶴が宿に戻ると、台所で辰三と半がてんてこ舞いとなっていた。

「この忙しい時に、どこに行ってたんだい！」

半の怒鳴り声が台所に響く。伊都のいない時、半は志鶴に手厳しい。

「おかみさんに言いつけられて、市まで魚を買いに行ってたんです」

「それにしては随分と長くかかったね」

「途中、椿の間のお客さんやあさひ楼の旦那に会ったので――」

椿の間とは、個室が四部屋ある二階の最も海側の間のことだ。

「もう、いいから、すぐに魚を焼いとくれ。腹をすかした客が三人も待ってるんだ」

「は、はい」

志鶴が何と言い訳しようと、半は決して納得しない。とにかく小言が言いたいだけなのだ。

「それで、椿の間の客はどうしたんだい」

「湯屋に寄ってから戻ってくるそうです」

「それじゃ、一尾を焼くのは後だ。先に三尾焼いとくれ」

「分かりました」

台所で魚をさばいていると、伊都が大部屋から出てきた。

「志鶴ちゃん、ご苦労様。いい魚を選んできてくれたかい」

すぐに半が調子を合わせる。

「志鶴ちゃんが、活《い》きのいいのを買ってきたんで、お客さんも喜びますよ」

「それはよかった。どれどれ」

伊都が魚と蛤を見る。

「思っていたよりも大きいね」

まだ鰓《えら》を動かしている真鯛を見て、伊都は満足そうな笑みを浮かべた。

「お客さんたちは、もう酒宴を始めたんですか」

志鶴が問うと、伊都が笑顔で答える。

「そうなのよ。それで徳利の酒がなくなっちゃってさ」

「もう飲んじまったんですか」

半が啞然とする。

土間で竈《かまど》の火加減を見ていた辰三が、ちょうど酒樽を運んできた。

「これだけありゃ、足りるだろう」

伊都が辰三をねぎらう。

「辰三さん、すまないねえ。無理しないでおくれよ」

「何のこたあ、ありませんよ」

そう言いながらも、辰三は腰を押さえている。

「じゃ、わたしが持っていきます」

志鶴は酒樽から徳利に酒を移し、盆に載せて大部屋に運んだ。

「ごめん下さい」

志鶴が障子を開けて入ると、三人の客が一斉に顔を向けた。

三人は額を寄せ合い、何かを話し合っていたようだ。

——やけに親しそう。

三人の間には、初めて出会った客どうしとは思えない親密な雰囲気が漂っていた。

「お酒は、ここに置いていきます」

志鶴は微妙な空気を感じ取り、台所に戻ろうとした。

「いや、いいんだよ。少しいてくれ」

年かさの作爺《さくじい》こと作左衛門《さくざえもん》が志鶴を呼び止める。作爺は綿紐の行商で、宿に来たのは先月に続いて二度目になる。

「だって、ご内密のお話ではないんですか」

その問いには、大坂の塩問屋の手代の五平《ごへい》が答えた。五平は笠岡の西にある鞆《とも》の浦《うら》に用があるというのだが、商人仲間から「泊まるなら笠岡の真なべ屋がいい」と聞いて、やってきたという。

「わいらは初めて会ったもんどうしやさかい、内輪の話なんてあらへん。もう一人いる客のことを話してたんや」

「ああ、与三郎さんのことですね」

それで額を寄せ合っていた理由が分かった。

「与三郎という名かい。いけすかねえ奴だな」

北木島《きたぎしま》産の御影石《みかげいし》を買いに名古屋から来たという仲蔵《なかぞう》が舌打ちする。仲蔵も五平と同じ一見《いちげん》だ。

「どうしてですか」

志鶴が三人の盃《さかずき》に清酒を注ぐ。

「いやね」と言いつつ、作爺が煙管《キセル》を吸うと煙を吐き出した。

「袖振り合うも多生の縁て言うじゃないか。それで一緒に飲まないかと誘ったんだが、『遠慮しとく』だとさ」

「きっと、お疲れなんでしょう」

「まあ、そうかもな」

「そやそや、それより飲もうや」

仲蔵と五平が酒を注ぎ合う。

「それにしても三人とは、ちと寂しいな」

作爺がこぼしたので、志鶴は思い出した。

「何でも明々後日《しあさって》は月の終わりなので、山から来る人たちが、ここにも泊まると聞きました」

「山の連中は女郎屋に泊まるんじゃないのかい」

「女郎屋さんの一つが店を閉めたので、お客さんが少しあぶれてしまうらしいんです」

「ああ、そうか。銭船《ぜにぶね》が着くんだな」

仲蔵が問う。

「そのようです。明後日《あさって》、大坂から銭を船で運んでくると聞きました」

年貢米や天領の廻米は決済の必要はないが、取引されているものはそれだけではないので、決済が必要なものもある。そうした決済の代行をしている亀川屋は半年に一度、大坂から銭を運び、蔵に入れて決済に使っている。その銭を運んでくる船を銭船と呼ぶ。

「じゃ、その与三郎って野郎も、何かの掛《か》け請《ご》いかね」

掛け請いとはツケで取引の集金を代行する仕事で、晦日《みそか》になるとやってくる。

「そうではなく、何かの商いで参られているようです」

「何の商いやろね」

五平が日干しを食いちぎりながら問う。

「分かりませんが、伏越の港を見て回っていたとか――」

「へえ、港に何の用があるのかねえ」

作爺が感心したように言うと、その話題は何となく終わった。

確かに与三郎は、ここに来てから誰かに会った形跡もなく、ただぶらぶらしているように見える。商いの相手を待っているとも考えられるが、それにしては、港のことを探って何をしようとしているのか分からない。

志鶴は何か頭に引っ掛かると、気になって仕方がない性分だ。過去に来た客の些細な癖や好みを覚えていて、それを伊都に話すと、「よく、そんなことまで覚えているね。あんたにはこの仕事が向いているよ」と褒められたこともある。

しばらくして大部屋をうまく抜け出して台所に戻ると、忙しさは一段落したところだった。

半の姿はなく、辰三が竈の火を消して中の掃除をしており、伊都が一人、足を組んで煙管を吹かしていた。裾から見える細い足が妙になまめかしい。

伊都は高めに結った兵庫髷《ひょうごまげ》を好み、べっ甲細工の櫛や簪を小粋に差している。その姿は伏越の遊女たちの憧れの的で、伊都が兵庫髷を結ったとたん、遊女たちの間で流行するほどだった。

志鶴にとっても伊都は自慢の種で、その着ている物から仕草まで倣《なら》おうとしていた。以前、そのことを伊都に告げたことがある。伊都はそれを聞くと、「わたしなんかつまらない女さ。あんたはしっかり学問を修め、どこかの商家の若旦那に嫁ぐんだよ」と言って志鶴を叱った。

志鶴が伊都に問う。

「椿の間のお客さんは、もうお食事を済ませたのですか」

「さっき膳を持っていったよ。無口なお客さんでね。いろいろ話しかけても、だんまりなんだ」

「へえ、そんなこともあるんですね」

誰とでもすぐに打ち解けることができる伊都がそう言うのは、よほどのことだ。

「もう休んでいいよ」

「だって作左衛門さんたちの片付けが――」

「それはわたしがやるよ。それより、明日は朝から手習いに行くんだろう」

志鶴がうなずくと、伊都は「それなら、早く寝なよ」と言ってくれた。

「ありがとうございます」

伊都に一礼すると、志鶴は寝室に向かった。

だが与三郎のことが気になり、なかなか寝つけなかった。

四

笠岡は教育熱心な土地だ。商いが盛んだったこともあり、地元の商人たちが敬業館《けいぎょうかん》という郷学《ごうがく》を作り、そこで武士の子弟に教えるような高度な学問を、庶民の青年たちにも教えていた。

敬業館が創設された頃は四書五経などの経学《けいがく》が中心で、備前《びぜん》、備後《びんご》、安芸《あき》などからも入塾希望者が集まるほどの人気だったが、各地に同様の郷学ができ始めたこともあり、今では代々、教授（校長）をやってきた小寺《こでら》家の私塾となり、読み・書き・算盤《そろばん》まで教えるようになっていた。

伊都の好意で、志鶴は敬業館に週に二回も通うことができた。勉強はとても面白く、志鶴は懸命に学んだ。そのため算盤もすぐに覚え、文字も平仮名だったら読み書きできるようになった。

この日、志鶴は小寺塾で学んだ後、伊都から頼まれた用事を済ませるべく、笠岡港に向かった。すると与三郎にまた出くわした。町でお客さんに出会ったら挨拶するように、伊都から言いつけられていたので、声を掛けようかと思ったが、与三郎の鋭い目つきを見て思わず物陰に隠れてしまった。そうなると、もう姿を現しにくい。

——何をしているのかしら。

与三郎は周囲を見回しながら、蔵の立ち並ぶ河岸《かし》を歩き回っている。いけないこととは知りつつも、志鶴は好奇心を抑えきれず、与三郎の跡をつけた。

亀川屋の蔵が立ち並ぶ辺りに来ると、与三郎は何かを探るように念入りに歩き回っていた。その様子からは、とても商談をしに来たとは思えない。

——そういえば、明日は港に銭船が着く。

与三郎の様子と銭船を結び付けて考えると、答は一つだった。

——まさか盗賊では。

最近、月の終わりを狙い、港町の商家に押し込みをする盗賊たちがいると聞いたことがある。

――きっと一味はどこかに隠れていて、与三郎さんが下見をしているんだわ。

志鶴は背筋が寒くなった。

後ろ髪を引かれるような思いで宿に帰ると、町年寄の佐吉《さきち》親分が来ていた。佐吉の本業は石屋で、見事な墓石文字を彫るので、武士や分限から重宝されている。

佐吉は大部屋と土間の間の縁に腰掛け、伊都と話をしていた。

佐吉は四十の坂を超えているが、広い肩幅と厚い胸板が特徴の豪傑然とした男だ。かなり前に内儀に先立たれたというが、そのせいか、寂しげな顔をしていることが多い。

佐吉が伊都に気があるのは明らかだが、二人の様子からは、それだけではなさそうな気もする。

「よう、志鶴ちゃん、お帰り。手習いに行ってきたんだって」

「はい。おかみさんのおかげで通わせてもらっています」

「そいつは偉いな。うちの金次郎《きんじろう》なんざ勉強が嫌いで、塩飽《しわく》に行って船造りになっちまったよ」

伊都が口を挟む。

「馬鹿じゃ、塩飽の船造りは務まりませんよ」

「まあ、そうとも言うけどな」

佐吉が照れくさそうな笑みを浮かべる。

「親分の弟の弥五郎《やごろう》さんも頭が切れると評判で、北木島で岡引《おかつぴき》をやっているというじゃない」

北木島は笠岡港から四里ほど南にあり、石材の採掘や加工が盛んな島だ。島の人たちの自慢は、島から採れた石が大坂城の石垣に使われていることで、北木島を紹介する時は、いつもその話が出る。

「なあに、岡引なんざ、たいしたもんじゃねえよ」

そう言いつつも、佐吉はまんざらでもない様子だ。

「そんなことはありませんよ。金次郎さんにしても、弥五郎さんにしても立派なもんじゃありませんか。この前、ここに泊まっていった廻船問屋のご主人なんざ、塩飽の船は日本一だと仰せでしたよ」

「そうか日本一か」

佐吉が感慨深そうに目を細める。

「金次郎は俺とあいつの一粒種だ。一人前に育ってくれただけでもうれしいよ」

「佐吉さんは、亡くなったご内儀にまだ惚れているんですね」

「ああ、惚れていたさ。でも、あいつは若くして逝っちまった。いつまでも未練たらしくしているわけにもいかねえさ」

佐吉の顔に寂しげな翳《かげ》が差す。だがそれも一瞬で、すぐに元の顔に戻ると問うた。

「最近、何か変わったことはないかい」

「とくにありませんよ」

伊都が素っ気なく答える。伊都が佐吉の話し相手をすることに飽きてきたのが、志鶴にはありありと分かる。

「ならいいんだ。また来るよ」

佐吉は町年寄という仕事柄、空気を読むことに長《た》けている。

「そうして下さい。佐吉親分に来ていただければ、うちも心強いですから」

伊都が涼やかな笑みを浮かべた。

「じゃ、またな」

佐吉が「よっこらしょっ」と言って立ち上がる。

――どうしよう。

与三郎のことを言おうか言うまいか、志鶴は迷っていた。

「どうしたい。志鶴ちゃん、何か言いたそうだな。さては、どこかの悪い手代に言い寄られているのかい」

「よして下さいよ。この子は大事な預かりもんなんですから」

伊都が佐吉の肩を叩くふりをすると、佐吉はうれしそうに笑った。

「あの――」

「何だい。預かりもんの娘さん」

志鶴が小声で言う。

「うちのお客さんのことなんですけど、様子が変なんです」

佐吉の顔色が変わる。

「どう変なんだい。話してみなよ」

志鶴の話を聞き終わった二人は、「やれやれ」といった顔を見合わせた。

「それで志鶴ちゃんは、椿の間に泊まっている客が盗賊の下見役だと思うんだね」

「いえ、ただわたしは――」

「よしとくれよ。お客さんのことを、そんな目で見るもんじゃないよ」

伊都は厳しい声音で言うと、台所の方に行ってしまった。

――わたしは何て馬鹿なんだろう。

珍しく伊都に怒られた志鶴は肩を落とした。

「志鶴ちゃん、確かに銭船が寄港するのを狙い、蔵を襲う連中がいるのは俺も聞いている。だけどね、ただ港を見て回っているだけで、しょっ引くわけにはいかねえんだよ」

「申し訳ありません」

「いいんだよ。おかみさんには、俺から取り成しといてやる」

そう言うと佐吉は、丸の中に佐という屋号の描かれた半纏《はんてん》を羽織って台所に向かった。

五

その夜、三々五々戻ってきた作爺たちが、またぞろ大部屋に集まって酒宴を始めた。

伊都は大部屋で彼らの相手をしている。

「志鶴ちゃん、何本かつけてきて」

台所で洗い物をしていると、伊都から声が掛かった。早速、数本の徳利を持っていくと、志鶴も座らされて話し相手をさせられた。伊都は志鶴と入れ替わるように大部屋を後にした。伊都は相手の様子をうかがいながら、潮時を見るのがうまい。

志鶴に代わってすぐ、五平が思い出したように「そうや。途次に立ち寄った倉敷で、こんなもんが出回ってたで」と言い、懐から何かを取り出した。

「そいつは触書かい」

作爺が問う。

「ああ、そうや。港町の商家を襲う盗賊どもに注意するようにと書かれているやろ」

「おい、こんなもん持ってきちまっていいのかい」

「いやね、わいがこいつを眺めていると、塩問屋の旦那が、『うちのような小さな問屋は狙われねえから、持っていっていいよ』と言うんや。そいでもらってきたんや」

触書には、一人の男の人相が描かれている。

「どうや、これ誰かに似とると思わんか」

「あっ」

作爺と仲蔵が同時に声を上げた。

「まさか――」

「そういや似てるな」

「そうやろ。年恰好といい顔の骨柄といい、どっから見ても椿の間の客や」

作爺が「くわばら、くわばら」と言いながら、首を左右に振る。

「かかわり合いになりたくないな」

仲蔵が調子を合わせる。

「だけどな」と言いつつ、作爺が物憂《ものう》げに言う。

「これだけはっきりしていることを届けないというのも気が引ける」

「うむ。届けなかったことで、亀川屋が襲われたら寝覚めが悪くなる」

「そうやな。かかわり合いにはなりたくはないが、このまま何もせえへんのも商人《あきゅうど》の名が廃《すた》る」

仲蔵が作爺に同意すると、五平も懐手《ふところで》をして考え込む。

しばらくして作爺が膝を叩くと言った。

「そうだ。お嬢ちゃんが、これを持って番屋に行くってのはどうだい」

二人がすぐに同調する。

「ああ、それは妙案だ」

「そいなら、わてらもかかわり合いにならんで済むしな」

突然、渦中に放り込まれ、志鶴はどうしてよいか分からない。

「待って下さい。わたしには――」

三人の視線に押され、志鶴はその後に続く「できません」という言葉をのみ込んだ。

「お嬢ちゃんは、役人か番屋の衆に知り合いはいないのかい」

作爺が赤ら顔を近づけて優しく問う。

「いないこともありませんが――」

「そりゃ、よかった。じゃ、そのお方にこいつを渡して事情を話すんだ」

「そん時に、わてらのことを話さんといてな。後々、迷惑や」

「そうだ。おかみさんと一緒に番屋に行けばいい」

五平と仲蔵が言い添える。

だが先ほど伊都に叱責されたばかりなので、そんなことを再び言うわけにはいかない。

――番屋に行くなら、わたし一人で行こう。

志鶴は気が重くなってきた。

「でも町年寄の親分は、わたしの言うことなんか取り上げてはくれません」

「それはそのお方の判断だ。それで亀川屋が襲われようと、わてらの知ったこっちゃねえ」

――そういうことか。

志鶴にも、ようやく大人の論理というものが分かってきた。

作爺たちは責任を番屋に転嫁できれば、亀川屋がどうなろうと構わないのだ。

「お嬢ちゃん、やってくれんか」

今日の昼のことがあるので、確かに佐吉には話しやすい。だが、相手にされないことも考えられる。

――それならそれで仕方がない。

志鶴は肚《はら》を固めた。

「分かりました。お引き受けします」

「ああ、よかった」

「これで胸のつかえが下りた気分や」

仲蔵と五平が笑いながら盃を交わす。

「あんたは別嬪《べっぴん》なだけでなく利口なお嬢ちゃんだ。これで椿の間の客が本当に盗賊なら、大手柄だぞ」

作爺が分厚い手で志鶴の肩を叩いた。


晦日の前日になった。

朝餉を済ませると、与三郎はどこへ行くとも言わずに宿を出ていった。それを横目で見つつ、作爺たちはそ知らぬふりで飯をかき込み味噌汁をすすっていた。

その後、「食った、食った」などと言いながら、三人は別々に宿を出ていった。

作爺は去り際、「しっかり頼むぞ」と志鶴の耳元で囁いていった。

その一言で、志鶴の肩に重い責任がのしかかってきた。

――作爺たちはずるい。

志鶴は大人たちのずるさを知った。

確かに、かかわり合いになると、何日も番屋に留め置かれて取り調べを受ける。その間の稼ぎはなくなり、雇われている者は雇用主に叱られ、自分で仕事をしている者は日銭が稼げなくなる。

それを避けるには、「かかわり合いにならない」という姿勢を貫くのが一番だ。しかも彼らは他所者《よそもの》にすぎず、この地で起こることに関心などないのだろう。

とは言うものの、彼らにも商人の心意気や誇りがある。それを両立させるには、抱いた疑念を地元の者に託すというのが、最もよい方法なのだ。

――わたしは託された荷を佐吉親分に渡すだけ。

それを思うと、少し気が楽になった。

六

伊都から仰せつかった品物を、おかげ街道沿いの商家に届けた帰途、志鶴は番屋のある広小路に回ってみた。何と言って入ろうかと迷い、番屋の前でうろうろしていると、ちょうど佐吉が出てきた。

「おっ、志鶴ちゃん、どうした」

「すいません。少しお話しさせていただきたいんですが」

「そうかい。入んなよ」

佐吉は笑顔で中に招き入れてくれた。

番屋の入口付近には刺又《さすまた》や突棒《つくぼう》といった捕物道具が並べられており、志鶴は立ちすくんだ。奥には牢があり、酔って暴れたり、何かを盗んだりした者が短期的に勾留されている。その中にいる誰かの喚き声が、入口付近まで聞こえてきた。

「酔っているだけさ。恐がらなくてもいい」

そう言いながら佐吉は、縁に座るよう視線で合図した。

「話っていうのは何だい」

煙草盆を引き寄せると、佐吉が細刻みを詰め始める。

「倉敷を通ってきたお客さんが、こんなものを持ってきたんです」

志鶴が触書を渡す。

「こんな触書は見たことがないな」

佐吉が首をひねる。

「おい」と言って近くにいた若い衆を呼び、その触書を見せたが、若い衆も首を左右に振った。

「これは見たことがありませんね」

「でも倉敷には届いていても、笠岡まで来ない触書はいくらでもある。で、こいつがどうかしたのかい」

「それが――」

触書の似顔絵が与三郎という客にそっくりなことを、志鶴は告げた。

「そういやそうだな。実はな――」

佐吉によると今朝方、所用で笠岡港に行ってみると、たまたま与三郎が歩いているのに出くわしたという。佐吉が真なべ屋に行った時、出ていく与三郎の顔を見ていたのが幸いした。

佐吉は町年寄と名乗らず、石屋の半纏を着たまま声を掛けたという。

「それで、どうしたのです」

「なあに、天気のことやら船のことやらを話して様子を探ろうとしたんだが、話が弾まないんだ。そのうち『用があるんで』とか言って立ち去っちまった」

その話を聞き、志鶴はいよいよ怪しいと思った。

「確かに、この絵は似ているよな」

佐吉が似顔絵をしげしげと見つめる。

「亀川屋さんに注意を促したらいかがでしょう」

「そうだな。そうするか」

晦日には備中各地から商人や農民が集まり、亀川屋から支払いを受ける。つまり銭船が着く晦日の前夜が、とくに危険なのだ。

「ぜひ、そうして下さい。で、どうなさるんですか」

「これから亀川屋へ行き、銭船から陸揚げされた銭箱が蔵に収まるのを見守る。それから店主に、今夜だけ寝ずの番を置くようにさせる」

「それで、与三郎さんはどうします」

「どうするかな」と言いつつ、顎に手を当てて佐吉が考え込む。

「よし、足留めさせよう」

「足留め――」

「そうだ。俺が真なべ屋に赴き、与三郎と夜半まで話し込む。そうすれば奴も、どこかに隠れている一味と連絡がつかず、企てはお流れになる」

佐吉は自ら与三郎の部屋に乗り込み、その動きを押さえようというのだ。

「万が一、与三郎とやらが盗賊の一味なら、志鶴ちゃんは大手柄だ」

志鶴は自分の手柄などどうでもよかった。

「これで肩の荷が下りました」

「そうかい。それはよかった。よく知らせてくれたな。このことは、おかみさんには黙っとくよ」

「ありがとうございます」

志鶴は深く頭を下げると、そそくさと番屋を後にした。

七

台所仕事をしているうちに、夜の帳《とばり》が下りてきた。

作爺たちも、それぞれの仕事を済ませて戻ってきた。外は雨だったので、作爺の背や肩を拭いてやると、「どうだった」と問うてきた。

志鶴が佐吉から聞いた段取りを伝えると、作爺は「そいつはよかった。これで一安心だな」と言って、満面に笑みを浮かべた。

だが与三郎はいまだ戻らず、佐吉もやってこない。

台所に戻ると、伊都たちが夕餉の支度を始めていた。志鶴も手伝っていると、暮れ六つ（午後六時頃）、ようやく佐吉がやってきた。

「ごめんよ」

「あっ、佐吉親分、いったいどうしたんですか」

伊都が驚いた顔で迎える。夜になってから佐吉が来るのは珍しいからだ。大部屋の中にいる三人の会話がやんだのが、障子越しに分かる。

「今日の昼に港に顔を出したら、おたくの客と知り合いになってね。話が弾んだんだ」

「それは、いったい誰ですか」

「椿の間の――」

「えっ、与三郎さんですか」

「そうなんだ。それでこれを――」

佐吉が腰に提げた徳利を示す。

「一緒に飲もうと思ってね」

「そうですか。まだ戻っていらっしゃらないので、こちらでお待ち下さい」

「いや、それなら上で待たせてもらうよ」

「でも与三郎さんは、一人でいたいのでは――」

伊都が言葉を濁したが、それを気にする佐吉ではない。

「いいってことよ。飲みたくないと言えば、尻尾を巻いて退散する」

そう言うと佐吉は、どんどん二階に上がっていった。

「おかしいね」

伊都が首をひねる。

「与三郎さんは、ずっと人を避けているような気がするんだ。それを佐吉親分とだけ話が弾むなんて」

伊都は首をかしげたが、志鶴は「さあ」と答えるしかない。

「あんたは何か知ってるのかい」

「いいえ、何も」

しばらくすると、与三郎が戻ってきた。

「おかえんなさい」

伊都が笑顔で迎える。

「お湯はどうでした」

「ああ、いい湯だった」

どうやら与三郎は、湯屋に寄っていて遅くなったようだ。

「それはよかった。上で佐吉親分がお待ちですよ」

「何だって。それは誰だ」

与三郎の顔色が変わる。

「佐吉親分ですよ。ご存じのはずでは」

伊都の言葉が終わらないうちに、与三郎は血相を変えて二階に上がっていった。

「どうしたんだろうね」

「さあ」

次に何が起こるのか予想もつかず、志鶴の胸の鼓動が高まる。

――何かあったらどうしよう。

今になって志鶴は、階上の二人のことが心配になってきた。

――まさか捕物になるのでは。

だが、しばらく待っても佐吉が下りてくる気配はなく、どうやら一緒に飲むことになったようだ。

志鶴は内心、安堵のため息を漏らした。

「そうだ。佐吉親分に酒が足りているか聞いてきておくれよ」

「はっ、はい」と答えた志鶴が、二階に向かおうとした時だった。

「この野郎、放せ！」

「神妙にしろ！」

二人の男の怒鳴り声がすると、どったんばったんという大きな音が階上で響いた。取っ組み合いが始まったのだ。

「どうしたんだ！」

障子が開けられ、三人が驚いたような顔で上の様子をうかがう。

一瞬、啞然としていた伊都は、すぐに正気を取り戻した。

「半、辰三さん！」

裏手で薪を割っていたらしき二人が飛び込んでくる。

「半は人を呼んできて！　辰三さんは得物《えもの》を持って来て！」

それを聞くや、半は外に飛び出し、辰三は裏に走り戻って熊手を持ってきた。

いまだ階上では、喚き声と取っ組み合いが続いている。

「志鶴はお客さんを連れて外に行って」

志鶴が「ここから出ましょう」と作爺たちを促すと、三人は真っ青になり、われ先にと大部屋から土間に飛び下りた。

伊都は階段の下から、「佐吉さん、どうしたの！」と聞いている。その背後に辰三が控え、すぐにでも助っ人に駆け付けようとしている。

「早く外に出て下さい！」

志鶴が三人の背を押すようにして庭に出すと、やがて階上から、「心配要らねえ。搦《から》め捕った！」という声が聞こえてきた。

「よかった」

くずおれそうになる伊都を、辰三が支える。

外の三人は快哉を叫ぶと、しきりに感心している。

「一人でよくやった」

「たいしたもんやな」

「さすが親分と呼ばれるだけのことはある」

やがて佐吉に引っ立てられるようにして、与三郎が連れてこられた。

二人とも着物は破れ、瘤《こぶ》や目に青あざを作っているが、与三郎は腕を背後に回され、縄掛けされていた。

「この野郎、手こずらせやがって！」

佐吉が与三郎の尻を蹴り上げると、作爺たちがやんやの喝采を送った。

「おかみさん」

「はっ、はい」

「どうやら、志鶴ちゃんの見立てが正しかったようだ」

「何だって」

伊都が驚いた顔で、志鶴を見つめる。

「この与三郎って男が、盗賊の首魁《しゅかい》だった。おい！」

佐吉が与三郎の尻を再び蹴り上げる。

「知らねえよ。俺は商人だ。盗賊なんかじゃねえ！」

「よし、ごたくは番屋で聞く。さっさと来い」

「佐吉親分」と志鶴が声を掛ける。

「どうして、この方が盗賊だと分かったんですか」

「いやね、部屋に入ったら、文机《ふづくえ》の上に何か置いてあるのに気づいたんだ。それで何かと思って手に取って見ると、こいつだった」

佐吉が懐から絵図面のようなものを取り出し、伊都に渡す。

「これは――」

そこには、笠岡港や亀川屋の蔵が描かれていた。

「俺が『これは何だ』と問うと、こいつはとぼけやがって、『知らねえ』と言うんだ」

「本当に知らないんだ」

三人がそれをのぞき込む。

「こいつは間違いねえ」

「何て野郎だ」

「こんな大切なものを机の上に置いておくなんざ、阿呆《あほ》な男やな」

五平の言葉に、残る二人も手を叩いて笑う。

「ここに落ち合う場所が書いてある」

佐吉が指し示したのは、笠岡北端の北八幡宮だった。

「ここで一味と待ち合わせし、夜陰に紛れて港まで押し出し、亀川屋の蔵を襲うつもりだったんだろう」

「そんな絵図面は知らねえ。俺は盗賊なんかじゃない！」

「それじゃ、何で抵抗した」

「突然、襟首を摑《つか》まれて殴られたんだ。抵抗するのが当たり前だろう」

「問答無用だ。これから番屋でこってりと絞ってやる」

そう言うと佐吉は、三人の客に向き直った。

「後は番屋の若い衆と北八幡宮まで出張り、一味を一網打尽にするだけだ。あんたらは枕を高くして眠ってくれ」

「そうさせてもらうよ」

作爺がほっとしたような顔で宿の中に戻ると、二人もそれに続いた。

「おかみさん、とんだ災難だったな。でも、志鶴ちゃんのおかげで助かった」

「よかった」と言って、伊都は涙を浮かべている。

「志鶴ちゃんも、ありがとな」

その時、半が数人の若い衆を引き連れてきた。

「よし、こいつを牢に入れたら、これから一味を捕まえに北八幡宮まで行くぞ！」

そう言うと与三郎を引っ立て、佐吉たちが去っていった。

「おかみさん、よかったですね」

その場に座り込んでしまった伊都の背を、志鶴が撫でる。

「うん。あんたの言うことが正しかったんだね」

「いえ、三人のお客さんのおかげです」

「とにかくよかった。今日は寝ましょう」

それから皆で二階の片付けを行い、ようやく九つ（午前零時頃）、すべての仕事が終わった。

大部屋まで行った志鶴が、「わたしたちは、もう寝ます」と言うと、作爺が「わてらは明日の仕事がないので、もう少し飲む」と言う。

志鶴が「火を使わないで下さい。小用で外に出て戻った時は、忘れずに表口に閂《かんぬき》を掛けて下さい」と言うと、中から「分かってるよ」という声が返ってきた。

それを聞いた志鶴は安堵し、寝床に向かった。

――これで一件落着。本当によかった。

志鶴は心の底からほっとしていた。

八

七つ（午前四時頃）を回った頃のことだ。表口を叩く音がする。

「こんな時に誰だろうね」

伊都が恐る恐る半身を起こした。

志鶴が耳をそばだてると、間違いなく誰かが表口を叩いている。

「とにかく行ってみましょう」

手早く身支度をして行燈《あんどん》に火を入れると、二人は手を取り合うようにして表口に向かった。

するとと表口を開けて人が現れた。作爺たちが表口の閂を掛け忘れたのだ。

「だ、誰ですか」

伊都が震え声で問う。

「俺だよ」

暗がりから現れたのは与三郎だった。

「ああっ」

伊都も志鶴も、恐怖に駆られて声も出ない。

「牢抜けしたんですか」

かろうじて志鶴が問う。

「牢抜けだって――」

与三郎が首をひねる。

「わたしたちは何も知りません。どうかお許し下さい」

志鶴を背後に庇《かば》うようにしながら、伊都が命乞いをする。

「何を言ってるんだ。俺は宿に戻ってきただけだよ」

「えっ」

その時、与三郎の背後から別の声がした。

「ちょっと脅かしちまったかな」

暗がりから現れたのは佐吉だった。二人は土間に並んで立ち、笑みを浮かべている。

「ど、どういうことですか」

言葉も出ない伊都を支えながら、志鶴が問う。

「そのことは、ゆっくり話してやる」

佐吉が大部屋の障子を開けると、そこに寝ているはずの三人がいない。

「これはいったい――」

志鶴と伊都が顔を見合わせる。

「まあ、座って話そう。深沢《ふかざわ》様、どうぞお上がりになって下さい」

佐吉が丁重に与三郎を促す。

――深沢様って、どういうこと。

志鶴には何のことか分からない。

やがて四人は大部屋に入り、伊都と志鶴は与三郎と佐吉から事の顚末を聞いた。

「それがしの名は深沢与三郎。隠密廻り同心だ」

「えっ、お武家様ですか」

伊都と志鶴が慌てて平伏する。

「実は――」

与三郎によると、こういうことだった。

かねてより盗賊一味を追っていた与三郎だったが、一味は尻尾を出さず、どうしても証拠が摑めない。それでも作左衛門が怪しいと目星をつけ、跡を追って笠岡にたどり着いた。そこで、ひょんなことから犯人と疑われたというのだ。

佐吉が煙管に煙草を詰めながら語る。

「むろん絵図面は、深沢様がいない間に連中が置いていったものだ。そいつを先に入った俺が見つけたという次第だ。おそらく志鶴ちゃんに見つけさせ、俺を呼びに行かせようとしたんだろう。俺が来たんでその手間が省け、奴らは内心にんまりしていたはずだ。それで俺は二階で深沢様を待っていると――」

「あれは参った」

与三郎が苦笑いする。

「部屋に入ると、鬼のような形相をした男がいる。それで『これは何だ』と問い詰められたので、致し方なく身分を明かしたというわけだ」

佐吉が話を替わる。

「そこで俺は考えた。ここで奴らの罠《わな》を逆手に取って深沢様を捕まえたことにすれば、奴らは安心して亀川屋の蔵を襲う、とな」

「まさに妙案だったな」

「でも、深沢様に『本気で殴れ』と言われた時は困りましたよ。この佐吉、喧嘩は三つの頃からやってましたが、お武家様を殴ったことはありませんからね」

「そなたの一撃は効いた。おかげで顔が青あざだらけだ」

「そいつは申し訳ありませんでした」

「もうよい。そのおかげで、彼奴《きやっ》らは佐吉たちが北八幡に向かったと思い込み、安堵して亀川屋の蔵を襲った」

「そこを深沢様とわれらで、捕まえたというわけだ。つまり海沿いの蔵ばかりを狙う盗賊一味とは、作左衛門たちのことだったのさ」

二人が高笑いする。

顚末を聞いて志鶴は愕然とした。

「娘、それがしも武家の仕草や習慣が抜けず、商人になりきれなかった。とくに目つきというのは難しいな」

「そうだったんですね。ご無礼仕《つかまつ》りました」

志鶴が身を縮めて平伏する。

「いや、怪我の功名だ。そなたのおかげで、一味を捕まえることができた」

一部始終を理解した伊都が明るい声で言う。

「話はよく分かりました。お二人ともお疲れ様でしたね」

「ああ、徹夜になっちまったからな」

「もうそんな時間か」

「へい。もうすぐ朝が来ます」

佐吉が表口から空を見上げる。確かに空が白んできているように感じられる。

「夜通し働かれて、お腹もすいているんじゃありませんか」

伊都が気を利かせる。

「そういや、そうだな」

佐吉が大きな腹をさする。

「じゃ、朝餉をご用意いたします」

「それは助かる」

与三郎が頭をかく。

「昨夜、深沢様が食べられなかった真鯛と冷や飯で湯漬けでも作りましょう」

「深沢様、真鯛の湯漬けは真なべ屋の名物ですぜ」

「それはいい。いただこうか」

志鶴が台所に行こうとすると、伊都が袖を取った。

「いいのよ。あんたのおかげで盗賊が捕まったんだ。今日はわたしが用意します」

「よろしいんですか」

「当たり前じゃない」

「それでは、稲富《いなとみ》稲荷にお礼を申し上げに行ってもいいですか」

「いいわよ。行ってらっしゃい」

伊都に見送られ、志鶴は古城山の中腹にある稲富稲荷の石段を上った。

誰もいない早朝の境内に立ち、志鶴は祈った。祈ったとたん、清冽《せいれつ》な空気が胸いっぱいに満ちてくる。

――これからも、此度のように神仏のご加護がありますように。

その後、志鶴は古城山にも登ってみた。ちょうど東の方から朝日が昇ってくる。その春霞を通したうすぼんやりとした光に照らされ、漁船が沖に向かって漕ぎ出していく。

――今日も大漁で、皆が無事に戻ってこられますように。

漁船の無事を祈ることで、志鶴はこの町の一部になったような気がした。

――わたしはこの町で生きていく。

志鶴は改めてそれを誓うと、真なべ屋に戻るべく、勢いよく石段を下っていった。

追跡者

一

笠岡の春は、瀬戸内海の潮風と共にやってくる。潮の香りが町中にまで漂ってくると、はるか沖合に真鯛の群れが到来する。それを狙って「鯛しばり網漁」の漁船が漕ぎ出し、一度の漁で千尾以上の真鯛を獲ってくることもある。

とくに笠岡から四里半ほど南にある真鍋島《まなべじま》の辺りは好漁場で、笠岡の船団は鞆の浦の船団と張り合うように漁を行っていた。それでもたいした諍《いさか》いにならないのは、真鯛の群れが限りなくやってくるからだ。

漁船が真鯛を満載して帰ってくると、笠岡の町のそこかしこから笑い声が聞こえてくる。漁師たちは陽気に戯《ざ》れ言《ごと》を言い合い、子供たちのはしゃぐ声が港の活気をさらに高める。

そうした明るい雰囲気は、志鶴の心も浮き立たせる。

朝の忙しさが一段落し、おかみさんの伊都から半刻（一時間）ほど休憩時間をもらったので、志鶴は一人、真なべ屋からほど近い伏越《ふしごえ》の愛宕宮《あたごのみや》に行ってみた。

愛宕宮は応神山《おうじんやま》の中腹にある社《やしろ》で、その参道が急峻《きゅうしゅん》なため、参拝者たちが伏すようにして上ったことから、誰知らぬうちに、伏越という地名がついたという。

だが若い志鶴にとって、参道を上ることはさほど苦にならない。

この日は快晴だったので、愛宕宮からは瀬戸内海が一望の下に見渡せた。風も波も穏やかで、一面に広がる海は縮緬《ちりめん》模様のように見える。

しばらくすると、縮緬を切り裂くようにして、沖から漁船の群れが帰ってきた。

――いい真鯛が獲れたかしら。

懇意にしている漁師たちの顔が目に浮かぶ。一見、荒々しいが、打ち解けてしまえば気のいい人たちで、志鶴の姿を見つけると、よく「別嬪《べっぴん》さん、まだ嫁に行かんのか」などと言っては囃《はや》し立てる。最初の頃は、頬を朱に染めて走り去ったが、今では「まだもらい手がいないからね」などと言い返せるようになった。

――今日も、いい日でありますように。

志鶴が社に向かおうとした時、横から「もし」と声を掛けられた。志鶴は「きゃっ」と小さな悲鳴を上げてしまった。

「これはすまぬな。驚かすつもりはなかった」

「あっ、お武家様」

志鶴が一歩下がって頭を下げる。

そこには、よく日焼けした顔に人懐っこそうな笑みを浮かべた武士が立っていた。菅《すげ》笠《がさ》を持ち、手甲《てっこう》と脚絆《きゃはん》を着け、野袴《のばかま》をたくし上げているので、旅の途中だと分かる。年の頃は三十半ばだろうか。その目つきや身のこなしには、落ち着いた風格が漂っている。

「ここからの眺めが素晴らしいというので来てみたのだが、まさに絶景だな」

「あっ、はい」

「『百聞は一見に如《し》かず』ということわざがあるが、何事も実見せねば分からぬものだ」

その武士は何かをぶつぶつ言っては一人で納得しているが、志鶴には何のことだか分からない。

「これで気分が爽快になった。ところで娘――」

その大きな瞳が志鶴をのぞき込む。

「この辺りに真なべ屋という旅宿はあるか」

突然、真なべ屋の名が出てきたので驚いた。

「わたしの働いている宿ですが」

「ああ、それはよかった。では、案内していただこう」

武士は大きく伸びをすると、先に立って歩き出した。

「でも真なべ屋は、お武家様の泊まるような宿ではありませんよ」

志鶴が武士に追いすがりつつ言う。

「気にせずともよい。実は懐《ふところ》が寂しくなり、道々、安くて飯のうまい商人《あきゅうど》の宿がないか聞いてきたのだ」

武士は金がないことに悪びれもしない。

「分かりました。ご案内はいたしますが、わたしには何とも――」

「次の大坂行きの便船が明後日に出ると聞いた。それまで厄介になる」

武士はもう泊まると決めているらしい。

「そうだ。名乗るのを忘れていた。それがしは――」

武士は立ち止まって振り返ると、瀬戸内海を望むようにして胸を張った。

「長岡《ながおか》藩の河井《かわい》継之助《つぎのすけ》と申す」

「長岡と――」

「そうだ。越後《えちご》国の長岡藩だ。知っておるだろう」

「は、はい」

志鶴は長岡という地名を聞いたことはあるが、どんなところかは知る由もない。

「長岡は、ここことは違って雪深い地だ」

継之助が目を細める。その顔から故郷を懐かしむ気持ちが伝わってくる。

「そなたの名は何という」

「志鶴と申します」

「平仮名か」

「いいえ、漢字をいただきました」

「どういう字を書く」

志鶴がそれを教えると、継之助は「志《こころざし》を持った鶴か。美しい名だ。きっとよき伴侶《はんりょ》にめぐり会える」などと言いながら、先に立って歩いていく。志鶴は戸惑いながらも、その後に続いた。

参道を下ると、大八車に積み込まれた書物の山が待っていた。

「これは、お武家様のお荷物ですか」

「そうだ。どれもなかなか手に入らぬ貴重な書物ばかりだ。雨に濡れては困るので、こうして油紙で厳重に包んできた」

継之助は、いかにも愛《いと》おしそうに積まれた書物を撫でている。

「待たせたな」

継之助が声を掛けると、どこかで雇ってきたらしき二人の人夫が立ち上がり、大八車の前後の位置に着いた。

「では、行くぞ」

威勢のいい掛け声とともに大八車が動き出した。継之助も押すのを手伝っている。

志鶴が先導する形になり、一行は真なべ屋を目指した。

愛宕宮から真なべ屋のある笠神社方面へと続く道は、遊女街の伏越小路から続いているため、遊女たちがよく歩いている。この時も遊女たちが向こうからやってきた。

朝の遊女たちは、夜の艶《あで》やかな着物とは異なり、掃除や洗い物をするための前垂れに手拭いをかぶっている。髪は投げ島田のままなので、随分と頭が大きく見える。

遊女たちは、「お姫様、いずこにお輿入《こしい》れ」などと囃しながら擦れ違っていく。

一方の継之助は、「今夜参るぞ」などと戯れ言を返しながら車を押している。

あさひ楼の前を通った時、ちょうどたあちゃんが出てきた。

「あら、お武家様、随分といい男ね」とたあちゃんが世辞を言うと、継之助は「あんたもいい男だ」と返した。さすがのたあちゃんも、苦笑いしつつ継之助を見送っている。

――随分と陽気な方。

志鶴は継之助が好きになってきた。

ようやく真なべ屋に着き、志鶴が中に向かって声を掛けると、伊都が出てきた。

継之助の姿を見て、伊都も唖然としている。

「お武家様じゃありませんか」

「こいつは随分と美しいおかみだな」

「よして下さいよ」と言いながら、伊都の顔がほころぶ。

「二泊ほど世話になりたい」

「うちは商人宿ですよ」

伊都が咎《とが》めるような視線を志鶴に注ぐ。志鶴は言い訳しようとしたが、継之助の方が早かった。

「それは娘さんから聞いている。それより部屋は空いているか」

「一番眺めのよい部屋が空いていますが」

「いや、最も安い部屋でよい。懐が寂しいのでな」

「そちらも空いておりますが――」

「では、世話になる」

継之助は再び名乗ると、二人の人夫に荷を降ろすよう指示した。

一方の伊都は、「やれやれ」という顔でうなずいている。それを見た志鶴は、盥に水を汲むべく井戸まで走った。

戻ってみると、継之助は二人の人夫の手を借りて荷物を中に運び込んでいた。

伊都や志鶴も手伝って作業を終えると、継之助は人夫に賃金を与えて帰らせた。どうやら人馬の継立《つぎたて》で、どこかの宿《しゅく》から荷を運んできたらしい。

継立とは、通り掛かった宿町や村で、人夫と馬ないしは荷車を次の宿まで次々と雇いながら荷を運んでもらうことだ。

ようやく框《かまち》に腰を掛けると、継之助は「疲れた」と言って瞑目《めいもく》した。

「お疲れでしたでしょう。どちらからいらしたんですか」

「松山からだ」

伊都も隣に座る。

備中松山は笠岡の北方十里ほどにある。

「そんなに遠くから、これほどの荷を運んでこられたんですか」

「まあ、そういうことになる」

水を汲んできた志鶴が、ごしごしと足を洗ってやると、継之助は「くすぐったいな」

などと言って笑っている。

「そなたは、ここの娘さんか」

継之助の問いに、志鶴が「いいえ、雇われ人です」と答えると、伊都が「娘も同然なんですよ」と口を挟む。

「いくつになる」

「十五になります」

「そうか。これから前途洋々だな」

「前途――、何ですか」

「前途洋々というのは、これからの人生が希望に満ち溢れていて楽しみだという謂《いい》だ」

「そうなんですか」

初めて聞く言葉だったので、志鶴は曖昧《あいまい》な返事をした。

「これから時代は変わっていく。これまでとは全く違う世が目前に待っている。そんな時代を、そなたら若者は生きていくことになる」

中空を見つめる継之助の瞳は、別の何かを見ているような気がした。

この日の客は継之助だけだったので、宿の仕事はさして忙しくはなかった。

伊都に命じられ、市まで行って真鯛を三尾買ってくると、裏で薪《まき》を割る音が聞こえてきた。

台所に真鯛を置いて裏庭をのぞくと、何と継之助が薪を割っているではないか。

「あっ、お武家様にそんなことをやらせるなんて申し訳ありません」

志鶴が慌てて言うと、継之助は「これも人助けさ」と言って手を休めない。

「あっ、志鶴ちゃん。お使いご苦労様」

そこに伊都が戻ってきた。

「河井様、申し訳ありません」

「いいのだ。それよりも病人の具合はどうだ」

「疲れがたまっているだけだと思いますが、なにせ年なので、今日のところは休ませました」

真なべ屋では、伊都と志鶴のほかに、辰三とその女房の半という五十代半ばの夫婦が働いている。辰三が体調を崩して男仕事が滞っていたところに、ちょうどよく継之助が現れたのだ。

薪を割る音が心地よい。

「お礼の代わりに宿代をなしとさせていただきます」

「ありがたい、と言いたいところだが、それがしも武士だ。そういうわけにはいかない。その分、うまい飯を食わせてくれ」

「分かりました。腕によりをかけて作ります。それに、ほかにお客さんもいないので、眺めのいい部屋に入って下さい」

「そいつはすまぬな」

伊都に続いて志鶴も付け加える。

「今朝の市は、いい真鯛が獲れたという話でもちきりでしたよ。その中でも大きくて活きのいいのを買ってきました」

「そいつは楽しみだ」

継之助が蒼天に届けとばかりに笑う。その屈託のない笑い声を聞きながら、志鶴は「こんな人が父親だったらいいな」と思った。

二

その夜、継之助は真鯛の刺身や煮付けに舌鼓《したつづみ》を打った後、伊都を相手に、自分の生い立ちや、ここに至るまでの経緯《いきさつ》を語った。

継之助が生まれたのは文政《ぶんせい》十年（一八二七）の一月一日で、万延《まんえん》元年（一八六〇）の今年、三十四歳になる。郡奉行《こおり》や勘定頭《かんじょうがしら》といった実務官僚の家に生まれたこともあり、若い頃は農村を走り回って様々な陳情を聞き、また農村内や農村間の様々な問題を解決してきた。

嘉永《かえい》五年（一八五二）、継之助は二十六歳で初めて江戸に遊学し、いったん帰国したものの、翌年のペリー来航を聞きつけて再び江戸に赴いた。その折、継之助は様々な情報を集め、藩主に富国強兵と藩政改革の建言を行ったことで、出頭のきっかけを摑んだ。

そして安政《あんせい》六年（一八五九）、備中松山藩の財政を立て直した山田《やまだ》方谷《ほうこく》の許に赴き、藩政改革の実際を学んできたという。

「今は、その帰りということですね」

伊都が茶碗を並べながら問う。

「そうだ。帰途に大坂と京都も見ておきたいので、海路で大坂に入り、北海（日本海）回りで長岡へ戻ろうと思っている。それで笠岡から大坂に向かう便船があると聞き、ここまで来たのだ」

聞きもしないのに、継之助はよくしゃべる。

「此度《こたび》は、方谷先生の許で藩政改革の実務を学ぶことができて本当によかった」

「藩政改革ですか」

伊都が調子を合わせる。

「そうだ。藩政改革によって松山藩は上下共に豊かになった。方谷先生は、いわゆる経《けい》世済民《せいさいみん》を実践したのだ」

「経世済民ですか」

お茶を淹《い》れながら、今度は志鶴が問う。

「そうだ。経世済民とは、民のための政事《まつりごと》を行うという謂だが、具体的に言うと、その土地の特産品を流通させ、それによって生み出された富を、民に再配分する仕組みを構築することだ」

「難しいんですね」

伊都が首をかしげる。

「難しくはない。ひたすら民のことを思えば、水が染み通るように分かってくる」

「そういうものですか」

「そういうものだ。今、諸藩では、長年にわたる苛斂誅求《かれんちゆうきゆう》で農村が疲弊し、欠落逃散《かけおちちようさん》が相次いでいる。越後国でも農地は荒れ果て、人買いが横行している始末だ。こうしたことから脱するには、その地でしか穫れない、または作れない特産品を藩外に売り出すしかない。それによって藩財政を立て直し、貢租率を軽減することで民に報いるのだ」

二人は継之助の弁舌に圧倒されていた。

「そうした藩政改革を成功させた逸物《いつぶつ》が、備中松山藩の山田方谷先生というわけだ。それがしは一年余にわたり、先生の許で修行し、多くの書物を筆写した。それが今後の長岡藩を支えていく。いわばわが荷は、黄金の山に匹敵するほどの値打ちがあるのだ」

「あれが黄金の山ですか」

伊都が目を丸くする。

「そうだ。それゆえそれがしは、あの荷と共に早々に帰国して藩の財政を立て直し、今後の動乱に備えねばならぬ」

継之助が決然とした口調で言い切る。

「それは、ご苦労なことでしたね」

「そうなのだ。急なことだったので、まだ筆写しきれないものもあった。それがしが無念そうにしていると、方谷先生は持っていけという。先生は『書き写した後に送り返せばよい』と仰《おお》せになられた。その中には、日本に一つしかない貴重な書物や、先生が筆写したものまである」

「それほど貴重なものを、お貸しいただけたのですね」

伊都が感心する。

「そうなのだ。この御恩は決して忘れぬ」

北を向いて拝礼すると、継之助は続けた。

「それゆえ、それがしの責任は重大だ。借り受けたものに何かあってはまずいので、飛脚問屋に荷を託すこともせず、荷に付き添って旅しているというわけだ」

こうした場合、飛脚問屋を使い、旅人とは別に目的地に荷を送るのが常の方法だった。

「これからの道中も長いので、ご苦労なさいますね」

「ああ、借り受けた書物に何かあったら、それがしは腹を切らねばならん」

「武士の皆さんは、少しでも己に落ち度があると、お腹《なか》を召さねばならないんですね」

「それが武士というものだ。だがこれからは違う。腹を切るのが嫌なら武士をやめればよい」

「えっ、そんな方がいらっしゃるんですか」

武士は特権階級であり、それをやめて商人や農民になる者などほとんどいない。

「これから出てくる。商才があれば、商人になった方が得だと思う者もいるだろうし、農民となり、土と共に生きることを望む者もいるだろう」

志鶴には、とてもそんな人が出てくるとは思えなかった。

「そのうち武士も商人もない世が来る」

「それは真《まこと》ですか」

伊都が怯《おび》えるように問う。

「方谷先生の許には様々な雑説《ぞうせつ》（情報）が入ってきていたが、西洋諸国ではすでに身分制度などなくなっており、才覚次第でどこまでものし上がれるという」

「えっ、そうなんですか」

志鶴も唖然とした。

「ああ、アメリカの将軍（大統領）は入札《いれふだ》によって決まる」

継之助が声をひそめる。

「大きい声では言えないが、いつの日か、日本もそうなるだろう」

「入札で将軍様が――」

志鶴が常の声音で言ったので、継之助が口に一本、指を押し立てて「しー」とやった。

「まあ、どうなるかは分からんが、これからは、あらゆることが大きく変わる。その時のために、家中一体となった備えをしておかねばならぬ」

その後も雑談は続いたが、継之助の話の「あらゆることが大きく変わる」というところに、志鶴は興味を抱いた。

継之助が寝た後、伊都と志鶴は二人して片付けをした。

伊都がため息交じりに言う。

「河井様は、よくしゃべるね」

「ええ。とても面白いお話でした」

「志鶴ちゃん、あんたは、あの話をまともに聞いていたのかい」

洗い物をしながら、伊都が醒《さ》めた笑いを浮かべる。

「おかみさんも真剣に聞いていたじゃありませんか」

伊都が首を左右に振る。

「いいかい。わたしたちは、この世の端っこで生きているんだよ。上がどう変わろうと、わたしたちの暮らしぶりは変わりゃしない」

どうやら、伊都は継之助に調子を合わせていただけらしい。

「そういうものですか」

「当たり前じゃないか。どんな世になっても地道に働かなければ、おまんまは食べられないんだよ。これだけは、誰が将軍様になろうと変わらない」

確かに継之助の話は、その話術の巧みさと相まって、わくわくするようなものだった。

だが考えてみれば、自分たちにかかわりのあることではない。しかも継之助は遠い北国の人なのだ。

「おかみさん、長岡というのは越後国にあるそうですね」

「よく知っているね」

「塾で習いました」

塾とは、志鶴が通わせてもらっている小寺塾のことだ。小寺塾は、かつて敬業館と呼ばれる郷学だったが、今は規模を縮小して私塾となっている。

「あそこでは、そんなことまで教えているのかい」

「はい。小寺の先生が、これからは女子《おなご》も日本の地理や政事を知っておかなければならぬと仰せで――」

「そんなものは要らないよ」

伊都がにべもなく言う。

「どうしてですか」

「志鶴ちゃん」と言いつつ、伊都が手を止めた。

「女子が、大きな夢を持っても仕方がないんだよ。女子は分《ぶん》をわきまえて生きねばならない。それが、この世の仕組というものさ」

いつもは優しい伊都だが、世の中を揶揄《やゆ》する時などに見せる顔には、厳しさが漂う。

「分をわきまえるんですね」

「そうさ。わたしたち底辺を這いずり回って生きている者たちは、どんな時代になろうと、分をわきまえていくしかないのさ」

「はい」としか、志鶴には答えられない。

「河井様の話は忘れちまいなよ」

「分かりました」

「それでいいんだよ。後は明日にして、そろそろ寝ようか」

伊都が透き通るような笑みを浮かべた。

三

翌日、継之助が散歩をしたいというので、伊都は志鶴に案内するよう言った。

志鶴は、継之助を観音鼻《かんのんはな》に連れていくことにした。

伏越の西には、古城山と呼ばれる丘が海までせり出している。その南端の崖下は観音鼻と呼ばれる磯が広がっていた。観音鼻の絶壁には、見事な姿の古松が断崖にしがみ付くようにして繁茂《はんも》し、海に目を転じると、木之子島《きのこじま》と呼ばれる小さな岩礁が、ちょこんと顔を出している。

志鶴は土の中から土竜《もぐら》が顔を出したような形の木之子島が好きで、毎朝、「今日の海は温かいかしら」「波が荒れて痛くないの」などと語り掛けていた。

「ここは波が穏やかだな」

継之助が呟く。

「河井様の故郷の海とは違いますか」

「大いに違う。北海は荒々しい男の海だ。それとは対照的に、瀬戸の海はたおやかな女の海だ」

「どちらがお好きですか」

継之助は答えない。そこには、様々な思いが込められているのだろう。

観音鼻には竜の観音堂というお堂がある。今では訪れる人も少なく、半ば朽ちかけている。

その名の由来は、満潮の時、波打ち際にある岩窟に波が寄せ、その度に竜の咆哮《ほうこう》のような音がこだましたからだという。

そうした話を志鶴がしてやると、継之助は「ほう、それは面白い」などと言って興味深そうに聞いている。

二人が宿に戻ろうとした時だった。磯に付けられた道に、一人の男が立っているのが目に入った。男は黙って海を見ている。志鶴と継之助が気にも留めず近づいていくと、男がゆっくりとこちらを向いた。初めて見る顔だ。

二十歳そこそことおぼしきその男は、腰に大小の打刀《うちがたな》を差して鉢巻にたすきをかけている。その姿に、志鶴は嫌な予感がした。

「お久しぶりですな」

男が継之助に頭を下げる。

「そなたは――」

「覚えておらぬのですか」

「まさか――」と呟くと、継之助の瞳が大きく見開かれた。

「菊池《きくち》彦三郎《ひこさぶろう》に候」

「そなたが、なぜここにおる」

「河井さんが備中にいると聞きつけ、敦賀《つるが》から追ってきました」

「何だと――。それがしはそなたの一家の件を聞き、これから長岡に戻るつもりだったのだ」

継之助が予定を早く切り上げて故郷に戻ることになったのは、藩政改革だけが理由ではないようだ。

「今更、何を仰せか。河井さんの讒言《ざんげん》によって、われら一家は地獄を味わわされたのですぞ」

「讒言だと――。それは違う」

「問答無用！　この場で果し合いをしていただきます」

男は片肌脱ぎになると、腰の大刀を抜いた。刃が瀬戸内海の陽光を反射し、鈍い光を発する。

これから何が行われようとしているのかを覚り、志鶴は恐怖で声も出なくなった。

「彦三郎、話せば分かることだ」

「あんたはわれらに同情すると見せかけ、一揆の責任を父に押し付けていったのだ」

「そんなことはない。それがしは武士だ。さように卑怯なまねはせぬ」

「何を仰せか。あんたが遊学に旅立った後、われらの村に郡奉行の手の者がやってきて、わが家は土地も財産も収公されて所払いとされた。こうしたことは、すべてあんたの讒言によるものと、後任の向坂勘介《さきさかかんすけ》様が仰せになられていた」

「それは違う！」

「何が違うのです。それではなぜ、すぐに帰国し、わが父の潔白を証明して下さらなかったのか。父は連行されて獄死し、母は旅の途次で病死し、妹たちも大坂で女中となった。天涯孤独となったわしは、敦賀の身寄りの許に身を寄せ、漁師となって生きるしかなかった」

彦三郎と名乗った男が口惜しげに唇を嚙む。

「そのことを知らされていなかったのだ。昨年、国元から来た者からそれを聞き、それがしは帰国を望んだが、なかなか許可が下りなかった。御家老衆としては、何の成果もなく、それがしを帰国させるわけにはいかないからだ」

「言い訳は聞きたくない。尋常《じんじょう》に勝負なされよ」

彦三郎が刀を構える。

「話は分かったが、この地は天領だ。天領で果し合いをすれば、幕府は怒り、藩の迷惑となる。長岡に戻って事実を調べ、それでも果し合いをしたいなら応じよう。それがしも武士だ。逃げ隠れはしない」

「それでは武士とは言えぬ」

「何を申すか！」

継之助の顔色が変わる。

「武士は己の命を大切にする。なぜかと言えば、志を持っているからだ。志のためなら死ねるが、そうでない時は命を惜しまねばならぬ。今のそれがしの志は藩政改革だ。長岡に戻り、方谷先生からご指導いただいたことを御家老衆に伝える。それを成した後なら果し合いにも応じよう」

「今更、聞く耳を持たぬ！」

「分かった。そこまで言うなら致し方ない。だが、ここは足場が悪い。明日の朝、どこぞの寺か神社で――」

継之助が志鶴の方を見る。どこか適当な場所を教えてほしいというのだ。

「大仙院《だいせんいん》の境内では――」

すかさず志鶴が口を挟む。

「そこでどうだ」

「承知しました。明日の朝、そこで決着を付けましょう」

彦三郎と名乗った男は、継之助をにらみつけると、その場から去っていった。

それを見送った後、継之助は「困った奴だ」と言って、大きなため息をついた。

四

その日の夜、この一件を伊都に話すと、伊都は驚き、「河井様に話を聞こう」となった。そこで伊都を伴って継之助の許に行くと、継之助はいかにもうまそうに夕餉を食べていた。

「河井様、志鶴から聞きました。いったい過去に何があったのです」

「聞きたいか」

「お武家様たちのことに首を突っ込みたくはありませんが、ここは天領なので――」

伊都が言葉を濁す。天領の民は、旅人が何らかの問題を起こしそうな場合、陣屋に通告する義務がある。それをしないで刃傷沙汰《にんじょうざた》が起きると、通告の義務を怠った廉《かど》で、当事者が泊まった旅宿の主も罰せられる。

「実はな、彦三郎とは深い因縁《いんねん》があるのだ」

鯛の〝あら〟が入った味噌汁をすすると、継之助が経緯《いきさつ》を話し始めた。

三年前の安政四年（一八五七）、継之助は郡奉行の下役の外様吟味役《とざまぎんみやく》として、宮路村《みやじ》という僻村《へきそん》の一揆騒動に介入した。

ちなみにこの場合の外様とは、「村外から派遣された」という意味になる。

この時、宮路村では藩庁から米作の副業として漆《うるし》の実の栽培が奨励されていた。

宮路村は三十戸あまりの小さな村だが、良米が穫れることから、新規事業への投資余力があった。

だが漆の実の栽培は、いまだ長岡領内では行われておらず、越後でも屈指の豪雪地帯ということから、尻込みする農家が大半だった。

藩庁は所有する遊休地を無償で与え、共同で運営していくことを勧めるが、保守的な農村では、事が容易に運ばない。

そこで勘定頭《かんじようがしら》の村松忠右衛門《むらまつただえもん》は、庄屋の菊池門左衛門《もんざえもん》を呼び出し、半ば強制的に漆の実の栽培をさせようとした。

板挟みとなった門左衛門は根気よく村人たちを説いたが、事態は平行線をたどった。これに痺れを切らした村松は、役人を村に送り込み、検地を強行して隠田《おんでん》の摘発に努めた。

その結果、宮路村の貢租は倍近くなり、豊かだった村が貧困のどん底に突き落とされた。さらに自作農の下で働いていた小作農は次々と逃げ出し、宮路村では、以前よりも収穫が激減する始末だった。

こうしたことから一揆による強訴が行われた。これに驚いた村松は、「地方巧者《じかたこうしや》(民政に長じた者)」と呼ばれた継之助を、外様吟味役として宮路村に派遣し、事をうまく収めさせようとした。

継之助は門左衛門と手を組み、村人たちに理を説いて納得させ、貢租高を元に戻す代わりに、漆の実の栽培を認めさせた。

これで漆の実の栽培が軌道に乗れば、すべては丸く収まるはずだった。ところが豪雪によって最初の年の収穫は無になり、村人たちの投資資金が無駄になった。

これに怒った村人たちが再び強訴に踏み切ったので、村松は激怒する。この責任を問われた門左衛門は土地と財産を没収された上、所払いとなった。

その頃、継之助は備中松山藩で藩政改革を学んでいた。一揆鎮静化の功が認められ、かねてより望んでいた遊学を許されたからだ。

菊池一家の悲劇を備中で聞いた継之助は、すぐにでも帰国しようとした。だが藩庁からは、「藩政改革の手掛かりもないままでは、帰国を許可できない」と返答され、それからも滞在を余儀なくされていたのだ。

ところが時勢が風雲急を告げ始めたことで、家老たちが「河井を呼び戻せ」となり、ようやく帰国の途に就くことができたという。

「それがしは長岡に戻ったら、懇意にしている家老に訴え出て、菊池家を旧に復すよう運動するつもりでいた」

「でも、その彦三郎というお方は、河井様が讒言したと思い込んでいるのでしょう」

「どうやらそうらしい。一揆の首謀者として陰で策動していたのが菊池門左衛門だと、それがしが告発したというのだ」

継之助が口惜しげに唇を嚙む。

「後任の向坂勘介は、それがしが御家老衆に気に入られていることを、かねてから嫉妬していた。それで庄屋の菊池家を陥れ、悪評を流布したかったのだ。しかも彦三郎がそれがしを付け狙い、うまく仕留めれば、向坂は何のお咎めも受けずに済む」

「そんな理不尽な――」

「この世は人それぞれ。致し方ないことだ」

思い余って志鶴が口を挟む。

「では、ここのお役人に訴え出たらいかがです」

「その必要はない。ここで果し合いなどせぬ」

継之助が首を左右に振る。

「でも、あの方は父上と母上を失い、捨て鉢になっています」

「その通りだ。今の彦三郎には、怒りの持っていき場がないのだろう。しかし彼奴《きやつ》が本当に父の恨みを晴らしたいなら、それがしを斬ることよりも、宮路村を長岡一、いや日本一の豊かな村にしてみせればよいのだ。彼奴が本気で取り組むなら、それがしも全力で手伝う」

「それで河井様は明日、いかがなされるんですか」

「明朝の日の出に出帆《しゆつぱん》するという便船に乗り、大坂を目指す」

継之助が決然と答える。

「大仙院には行かないのですね」

「そうだ。行かずに書簡だけ渡す。『ここは天領なので、家中に迷惑が掛かるような厄介事は憚《はばか》らねばならぬ。それでも果し合いをしたいなら長岡でしよう』と書いてな」

継之助が飯をかき込む。

その時、志鶴は大切なことを思い出した。

「でも明日は、海が荒れて船を出せないと、漁師さんたちが言っていますよ」

「えっ」と言って継之助が箸を止めた。

「それは真か」

「はい。明日から風雨が激しくなるとか」

「漁船の話だろう。便船は大きいので心配要らん」

継之助が自分に言い聞かせるように言う。

「もし便船が出なかったら、どうなさるのですか」

音を立ててたくあんを咀嚼した後、お茶をすすると、継之助は言った。

「何とか船を出させる」

「そんな――」

「すまぬが、明朝の夜明けにここを出る。荷が多いので、朝一番で来てくれる人夫を二人ほど手配しておいてくれぬか。駄賃は弾む」

「それは構いませんが――」

伊都が心配そうな顔をする。

「案ずることはない。今夜のうちに書簡をしたためるので、それを明朝、大仙院で待っ彦三郎まで届けてほしい。そうだ。娘さんに使いを頼めるか」

伊都が志鶴の顔をのぞき込む。

「わたしが届けるんですか」

「そうだ。『河井さんは少し遅れているので、待っていて下さい』とでも言いながら時を稼ぎ、彦三郎が痺れを切らして港に向かおうとしたら、書簡を渡すのだ。それで逃げて帰ってくればよい。いくら気が立っていても、使いの者に危害を加えることはない」

「でも、河井様――」と伊都が言いかけたが、志鶴がそれを制した。

「分かりました。やります」

「いい子だ。きっとよき伴侶にめぐり会える」

そう言うと継之助は、童子《どうじ》のように屈託のない笑みを浮かべた。

五

夜空が白んできた。昨日とは一変して空は曇り、今にも雨が降り出しそうな天気だ。

伊都と志鶴は夜明け前から起き出し、継之助のために朝餉を用意した。

継之助は真なべ屋の大八車に荷物を積み込むと、立ったまま飯と汁をかき込んだ。

「今、お茶を淹れます」

「先を急ぐので要らぬ」

そう言って宿賃を置いた継之助は、「世話になった。生きていたらまた来る」と言うや、懐から書簡を取り出した。

「これを彦三郎に渡してくれ」

「分かりました」

志鶴が書簡を受け取ろうとすると、継之助が一分銀二枚を握らせた。

「これは——」

「駄賃だ。取っておいてくれ」

「困ります」

「いいのだ。ここで押し問答していても埒《らち》が明かぬ。要らぬなら、どこかの寺社の賽銭《さいせん》箱《ばこ》にでも投げ入れればよい」

「は、はい」

「では、頼むぞ」

継之助が雇った者に合図すると、大八車が動き出した。

その姿が消えると、志鶴が覚悟を決めて言った。

「おかみさん、それでは行ってきます」

「志鶴ちゃん、相手は何を仕出かすか分からない人だよ。書簡を渡したら、すぐに戻ってくるんだよ」

「でも、それでは——」

「いいかい」と言いつつ、伊都が志鶴の肩を摑む。

「大人はね、何事も『かかわり合いにならないようにする』のが常なんだ。此度だけは、引き受けちまったんだから仕方がないけど、本当なら渡しになんか行かなくてもいいんだよ」

伊都の目には、真剣な光が宿っていた。

――わたしのことを心配してくれているんだ。

その思いが痛いほど伝わってくる。

「分かりました。渡したら、すぐに戻ってきます」

「必ずそうするんだよ」

志鶴はうなずくと、速足で真なべ屋を後にした。

「あっ」

その時、ぽつりぽつりと雨が降り出したのに気づいた。風も強くなってきている。

真なべ屋から大仙院までは、おかげ街道を通るのが最短距離だが、陣屋の前を通るのが嫌なので、町中の小路や路地を伝っていくことにした。

雨の中を駆け抜けて大仙院に着いた志鶴が、その象徴たる赤い鐘楼《しょうろう》門をくぐると、昨日の若者がいた。

「あっ、そなたは昨日の――」

「河井様の使いで来ました。河井様は少し遅れると仰せです」

志鶴が恐ろしさを堪《こら》えて告げる。

「まさか、逃げたのではあるまいな」

「いいえ。河井様は、もうすぐここに来られます」

「それならよいが、嘘をついたら、そなたを斬るぞ」

彦三郎の瞳は憎悪に燃えていた。

志鶴の背筋に寒気が走る。

――斬られるかもしれない。

相手は自暴自棄になっている若者だ。何を仕出かすかは分からない。

だがその時、すべてを丸く収める方法を思いついた。

――河井様に対する誤解を解けばよいのだ。

恐る恐る志鶴が言った。

「河井様は――、河井様はよきお方です」

予想もしなかった志鶴の言葉に、彦三郎が唖然とする。

「何を申すか。そなたに河井の何が分かる」

「小娘でも分かるものは分かります」

驚いたような顔をした後、彦三郎は「よいか」と言って続けた。

「かの者は、わが父と力を合わせて難局を打開しようと言ったが、功を独り占めしただけでなく、こともあろうに、一揆が再び起こった責をすべて父に押し付け、逐電《ちくでん》いたしたのだ」

「何も違わぬ。かの者は希《き》代《たい》の表裏者だ。わしは後任の向坂殿からそう聞いた」

「違います」

「それは――」

志鶴は迷ったが、言うべきことは言っておくべきだと思った。

「向坂というお方は御家老衆の覚えめでたい河井様を妬《ねた》み、その悪評を広めたいあまり、お父上を陥れたのです」

「嘘だ！」

「嘘ではありません。河井様は国元に帰って、身の潔白を証明すると仰せでした」

「何だと。では、ここには来ないということか！」

彦三郎の顔が怒りに歪む。

――何とかしないと。

彦三郎の思い違いを正そうとした志鶴だったが、どうやら火に油を注いでしまったようだ。

志鶴が懸命に河井を擁護する。

「河井様は民のためを思い、経世済民の道を探っているのです」

「そんなことはない。河井は私利私欲だけの奸物《かんぶつ》だ」

「よく考えてみて下さい。河井は、向坂という人の話を一方的に信じているだけではありませんか。子供の喧嘩でも、双方の話を聞いた上で、どちらが正しいかを判断するのが理《ことわり》のはずです」

「いや、しかし――」

彦三郎が動揺をあらわにする。

「河井様の話も聞くべきではありませんか」

彦三郎が言葉に詰まる。

「わたしが言いたいのはそれだけです。お察しの通り、河井様はここには来ません」

「何だと！」

志鶴が黙って書簡を渡すと、彦三郎は震える手でそれを読んだ。

「何と卑怯な――」

握りつぶされた書簡が、彦三郎の手を離れて下に落ちる。

「卑怯ではありません。河井様は、『ここは天領なので、家中に迷惑が掛かるような厄介事は憚らねばならぬ』と仰せでした。しかし長岡では逃げも隠れもせぬと――」

彦三郎はその場に膝をつき、篠突く雨を見上げた。

「わしはどうすればよいのだ！」

「里に帰って、民のために尽くせばよいのです」

「長岡に、わしの帰る場所などない」

彦三郎が首を左右に振る。

「そんなことはありません。河井様は御家老衆に、彦三郎様の地位回復を訴えると仰せです」

「かの奸物が、そんなことをするものか！」

「河井様は『彼奴が本当に父の恨みを晴らしたいなら、それがしを斬ることよりも、宮路村を長岡一、いや日本一の豊かな村にしてみせればよいのだ。彼奴が本気で取り組むなら、それがしも全力で手伝う』と仰せでした」

「それは真か！」

「はい。河井様は彦三郎様のことを心底から案じておりました」

「ああ――」

境内の砂利石に膝をついたまま、彦三郎が嗚咽を漏らす。雨はすでに本降りとなり、彦三郎も志鶴も濡れ鼠になっていた。

「河井――、いや、河井さんは本当にそう申したのか」

「間違いなく、そう仰せになられました」

「いったい、わしはどうすればよいのだ！」

彦三郎が天に向かって喚いた、その時だった。

「志鶴ちゃん！」

伊都が境内に駆け込んできた。

「たいへんだよ。河井様の乗った船が――」

「船がどうしたのです！」

「河井様が『船を早く出せ』と言うので、便船が慌てて出帆したら、大風に押されて木之子島近くの岩に乗り上げたんだよ！」

「えっ！」

志鶴が絶句する。

「それでも船子《ふなこ》（乗組員）たちやほかの客は船から飛び降りて、漁師たちに助けられたんだけど――」

「河井様はどうなさったんです！」

「漁師頭によると、いくら呼び掛けても河井様だけは船から降りないっていうんだよ」

「なぜですか」

「河井様は『これらの書物と一緒に死ぬ』と言って聞かないらしいんだ」

「ど、どうしたらいいの」

その時、背後から肺腑《はいふ》を抉《えぐ》るような声がした。

「連れていってくれ」

伊都の顔色が変わる。

「あんたが彦三郎さんかい。河井様は死ぬ気なんだ。それでもあんたは、まだ果し合いをするつもりなのかい！」

「いや、違う」

彦三郎が立ち上がる。

「河井さんを助けるのだ」

「なんでだい」

「ここで死なれては、果し合いができぬ」

「そんなこと言ったって――」

彦三郎の顔に焦りの色が浮かぶ。

――どうしよう。

だが、ここで考えている暇はない。

「早く港に連れていって下さい！」

「分かりました。ついてきてくれ」

志鶴が駆け出すと、彦三郎がそれに続く。

「助けるったって、もう手遅れだよ！」

伊都の声が、背後に遠ざかっていった。

六

小路や路地を巧みに抜けて笠岡港に着いたものの、風波はいっそう激しくなってきていた。いつもは穏やかな瀬戸内海が、この日だけは咆哮を上げ、次から次へと波を陸岸《おか》にぶつけている。

「あれか！」

彦三郎が沖を指差す。雨で煙る木之子島の岩礁の横に、少しだけ傾いた船が見える。

――早く何とかしないと。

志鶴は漁師たちの間を走り回り、「船を出していただけませんか」と頼んだが、誰もが首を左右に振るばかりだった。

普段から志鶴を可愛がってくれる漁師も、「あのお武家様は、いくら呼び掛けても、こちらの船には乗り移らないんだ」と言って肩をすくめた。

その時だった。

「何をやっている！」

「船泥棒だ！」

「捕まえろ！」

漁師たちの怒声が続けざまに聞こえた。

志鶴がそちらを見ると、栈橋《さんばし》に人影が見えた。どうやら栈橋に着けられた一艘の船に、誰かが乗り移ろうとしている。

――あれは彦三郎さんでは。

その人影が彦三郎だと分かるまで、さほどの時間は掛からなかった。

「彦三郎さん、やめて下さい！」

彦三郎が舫《もやい》を解こうとしているところに、一人の漁師が飛び掛かった。

皆もそちらに走っていく。

それにつられるようにして志鶴も走った。

桟橋に着くと、目の前で彦三郎が漁師と格闘している。

――どうする!

一瞬、迷ったが、桟橋を走った志鶴は舫を解くと、力いっぱい引いた。

「彦三郎さん、早く乗り移って!」

その声を聞いた彦三郎は、漁師を投げ飛ばすと漁船に向かって跳躍した。

「何をやっとる!」

傍らで誰かの怒声が轟くと、志鶴の腕を取ろうとした。恐ろしくなった志鶴は、舫を放すと漁船に跳躍した。

ぎりぎりまで舫を引いていたおかげか、間一髪で漁船に飛び移ることができた。

漁船は見る間に桟橋を離れていく。

だが次の波で桟橋に戻されそうになる。

――船が壊れたら殺される。

激怒した漁師たちが桟橋に集まってくる。だが船は、桟橋を離れて沖に向かって進んでいく。

「娘、大丈夫か」

「は、はい」

彦三郎は後方で櫂《かい》を操っていた。

「あんたは、とんでもない娘だな」

風波の音の間で、彦三郎の笑い声が聞こえた。

漁師をやっているという彦三郎の言葉に偽りはなかった。高波をものともせず、船はぐんぐん沖に向かっていく。

継之助の乗る便船が見る間に近づいてきた。だが操船は慎重を要する。下手をすると衝突してしまうからだ。

「河井さんはおられるか！」

彦三郎の声が聞こえたのか、船上から頭が一つ飛び出した。

「彦三郎か！」

「そうです！」

「ここまで果し合いに来たのか」

継之助があきれ顔で言う。

「そうではありません。助けに来たのです」

「嘘を申せ。それがしはこの船もろとも海に沈む。それゆえ、もう果たし合いはできぬ」

「いや、後で果し合いをするために、河井さんを救いたいのです。どうかこちらに来て下さい」

「だめだ。方谷先生から借りた書物を水没させてしまうのだ。おめおめと生きていられるか」

「書物も救います。ですから貴重なものから、こちらに投げて下さい」

「そんな小さな舟では沈んでしまうぞ」

大八車に積み上がっていた書物や書付の山を見れば、すべてを救えないのは明らかだった。

「おっ、あれは何だ」

次の瞬間、継之助が何かを指差した。

振り向くと、激しい風波をものともせず、こちらに近づいてくる船団が見えた。

先頭の船に乗る漁師が叫ぶ。

「事情は真なべ屋のおかみから聞いた。おかみの頼みとあっちゃ、聞かないわけにはいかねえ。そこをどけ。わしらに任せろ！」

その胴間声《どうまごえ》に押されるようにして、彦三郎が場所を譲る。

「河井さんとやら、書物の束を少しずつ放れ！」

「よいのか」

「海は次第に荒れてきている。お前様も書物も救えるのは今しかない」

「よし、分かった。かたじけない！」

漁船が列を成して便船の横に並ぶ。荒れた海をものともしない見事な操船ぶりだ。

継之助が油紙に包まれた書物の束を落とし始めた。便船と漁船の合羽《かっぱ》（甲板）の高低差は、さほどないので、上から落とせば容易に受け止められる。

つごう十艘ほどの漁船がやってきては、書物や書付の束を受け取っていく。

遂に最後の束が漁船に投げ込まれた。

「早く行ってくれ！」

「あんたはどうする」

「その船に乗って戻る」

継之助が彦三郎の船を指し示す。

「分かった。早くしろよ」

船団が遠ざかっていく。

いつしか海は大荒れとなっており、漁船を横付けするのは困難になりつつあった。その間も便船の浸水は徐々に進んでいるらしく、傾きも先ほどよりひどくなってきている。

「河井さん、こちらへ飛び移って下さい！」

彦三郎が漁船をうまく横付けした。

「よし、行くぞ！」

継之助が漁船に向かって跳躍する。だがその時、漁船が大波に煽られて動いたため、継之助は船と船の間に落ちてしまった。

波濤《はとう》と波濤の間に、継之助の姿が消える。

――ああ、どうしよう。

志鶴は息が止まりそうだった。

「河井さん、どこだ。どこにいる！」

しばらくして波間に頭が浮いた。二艘の船から三間（約五・四メートル）以上も離れている。

「娘、櫂を頼む！」

「はい！」

彦三郎は志鶴に櫂を託すと、物干しのような補助用の帆柱を、継之助に向かって差し出した。

「こっちだ。河井さん、早く！」

彦三郎が懸命に帆柱を伸ばす。その間も大小の波が打ち寄せ、船は大きく揺れている。ようやく帆柱に継之助が摑まった。だが押し寄せる波によって、頭を出しては沈むことを繰り返している。

「もうだめだ。行ってくれ」

継之助が帆柱を放そうとする。

「何を言っているんだ。あんたがいなければ長岡の民はどうなる」

「――――」

「あんたの命は、あんたのものではない。長岡のものなんだ！」

波濤の音をかき消すほどの声が轟く。

その時、背後で木の軋《きし》む音が聞こえた。

「ああっ、危ない！」

志鶴が悲鳴を上げた。

次の瞬間、便船が音を立てて横倒しになった。すぐに海水が浸入し始めたのか、便船は瞬く間に沈んでいく。

「河井さん、生きるんだ。生きてくれ！」

彦三郎が声を絞り出すが、継之助は帆柱に摑まったまま、ぐったりして動かない。

次の瞬間、彦三郎が海に飛び込んだ。

「あっ、彦三郎さん！」

彦三郎は継之助の許にたどり着くと、その頭を支えて息を吸わせた。だが継之助は半ば意識を失っているのか、目を閉じたままだ。

片腕で継之助の体を抱えた彦三郎は、志鶴の操る漁船の方に泳いできた。だが片手で水をかくだけなので、なかなか進まない。

――何とかしなければ。

志鶴は懸命に櫂を操り、二人に近づこうとするが、距離は容易に縮まらない。

もうだめかと思った瞬間、大きなうねりが寄せてきて、二人が一気に近づいてきた。

「彦三郎さん、今です！」

彦三郎の左手が船縁《ふなべり》を摑む。続いて継之助に船縁を摑ませようとしている。

「河井さん、しっかり！」

彦三郎の声でわれに返ったのか、継之助が船縁を摑んだ。

「河井さん、一、二の三で行くぞ」

「おう！」

背後から来るうねりに合わせて、継之助の上半身を漁船に押し上げようというのだ。

「一、二の三！」という掛け声と共に、継之助の体が合羽の上に転がった。

続いて彦三郎の番だ。

今度は、継之助が船縁で彦三郎の両手首を摑む。

「彦三郎、波に合わせて足を掛けるのだ」

「河井さん」

だが彦三郎の顔は、すでに蒼白だった。

「どうやら、だめなようだ」

「何を言っておる。さあ、片足さえ掛ければ引き上げてやる！」

「いや、何かが足に絡み付いているんだ」

「何だと！」

志鶴と河井が水面下をのぞくと、先ほど大破した便船の荷物網が、彦三郎の両足に絡み付いていた。しかもその先には荷が引っ掛かり、重しのようになっている。

「何とか外せないのか！」

「手を放せば沈んでいく。どうやら無理のようだ」

「馬鹿を申すな。あと一息ではないか！」

「彦三郎さん、あきらめてはいけません！」

志鶴もすがるように言う。

「いや、わしはもうだめだ」

半ば頭を沈めつつ、彦三郎が言う。

「河井さん、民のための——、民のための世を作って下さい」

「彦三郎、あきらめるな！」

だが彦三郎は、自ら河井の手を振り解《ほど》くと船から離れていく。

「彦三郎！」

継之助の絶叫が轟く。うねりが無情にも彦三郎の体をさらっていく。瞬く間にその距離は、五間（約九メートル）から十間（約十八メートル）へと広がっていった。

「彦三郎さん、戻ってきて！」

波間に漂う彦三郎に向かって、志鶴も声を嗄《か》らした。

だが次の瞬間、彦三郎の頭は波にのみ込まれて消えた。

「彦三郎！」

海に飛び込もうとする継之助の足に、志鶴がすがり付く。

「やめて下さい。お願いです！」

「放せ、放してくれ！　彦三郎、死ぬな！」

継之助は声を嗄らして彦三郎の名を呼んだが、彦三郎が再び海面に現れることはなかった。

「ああ、彦三郎――」

その場に突っ伏し、継之助が底板を叩く。

その背を抱きながら、志鶴も泣いた。

漁船は漂流を始めていたが、ほどなくして漁師たちが近づいてくると、二人の乗る船に太縄を掛け、港まで曳航《えいこう》していった。

七

翌日、彦三郎の遺骸が上がった。

継之助は海の見える墓所に卒塔婆《そとうば》だけの墓を建てると、じっと手を合わせ、「戻ってきた時には、必ず立派な墓を建ててやる」と言って頭を下げた。

その数日後、別の便船が入ってきた。それに乗って、継之助は長岡に帰るという。

港に集まった人々に礼を言った継之助は、志鶴の許へとやってきた。

「此度は世話になった」

「とんでもないです。わたしはただ――」

「懸命だったのだな」

「は、はい」

継之助が、初めて会った時と同じ人懐っこい笑みを浮かべる。

「何事も懸命に取り組めば道は開ける。彦三郎は、それがしの命と貴重な書物を救うために懸命だった。だが――」

継之助が唇を嚙む。

「己の命を捨ててしまった」

「いいえ」

志鶴の言葉に継之助が顔を上げる。

「彦三郎さんは死んでいません。河井様に命を託したのです」

「命を託した、と――」

「そうです。武士の命とは志のことだと、河井様は仰せでしたね。彦三郎さんは、己の成し得なかった志を河井さんに託したのです」

「つまり彼奴は、それがしの中で生きていると言いたいのか」

「そうです。河井様、彦三郎さんのためにも、民のための世を作って下さい」

「分かった。やってやる。必ずやってやる！」

そう言い残すと、継之助は多くの荷と共に便船に乗った。

「娘、そなたは、きっとよき伴侶にめぐり会える」

満面に笑みを浮かべた継之助が、その大きな手を振る。

「また来て下さいね。きっとですよ！」

志鶴も懸命に手を振った。

朝日を浴びて便船が出港していく。継之助は、志鶴の姿が見えなくなるまで手を振り続けていた。志鶴も手を振り返しながら、継之助の志が成就することをひたすら祈った。

しかし継之助が、再び真なべ屋に来ることはなかった。

帰国した継之助は藩政改革に着手し、長岡藩の財政を劇的に改善させた。それによって資金が潤沢となった長岡藩は、洋式部隊を創設し、越後国屈指の雄藩に成長していく。だが大政奉還から鳥羽・伏見の戦いへと、時勢は急展開を見せ、幕府はあっけなく瓦解した。

長岡藩の家老となった継之助は、朝敵となった会津藩の助命を新政府軍に請うが、けんもほろろに断られ、義のために決起した。

継之助は長岡藩を奥羽越列藩同盟に加盟させ、新政府軍相手に激戦を展開するが、やがて力尽き、新たな時代の黎明《れいめい》を見ることはなかった。

だが継之助の藩政改革による殖産興業策は長岡に根付き、豪雪地帯にありながら、長岡は豊かな地として栄えていくことになる。

石切りの島

笠岡には、唯一と言ってもいい名産品がある。

石だ。

志鶴が仕込みで港に行くと、北木島や白石島《しらいしじま》で切り出された石を積んだ船が停泊していることがある。

これは石船といって、水の浮力を利用して石を海中につるして運ぶ船で、奇妙な形をしていた。そこで働く人たちも、便船などの船子《ふなこ》（乗組員）や漁師とも違った荒々しい雰囲気を漂わせている。顔の色が黒ずんでおり、めったに笑わず眼光が鋭いのだ。

そのため志鶴は、彼らには近づかないようにしていた。

石船は島々から切り出された石を大坂方面へと運ぶのだが、その時、石船の船子たちは笠岡に一泊していくのが常だった。

その日の朝も石船が何艘か停泊しており、船子たちが出発の支度をしていた。

彼らの黒い顔がいっそう黒く照り輝いて見えるのは、陽光が眩しいからだと気づいた。

――もう春なのね。

長い冬が終わり、瀬戸内海にも、陽光が降り注ぐ季節がやってきたのだ。

志鶴の心は浮き立った。

市場で魚介類の仕込みをした志鶴が真なべ屋に戻ると、町年寄の佐吉親分が自慢の鉈《なた》豆煙管《まめギセル》で煙草を吸っていた。

「あら、親分、こんなに早くからどうしたんですか」

志鶴は明るく問うたが、親分はいつになく沈んだ顔で答えた。

「身内に不幸があり、朝一の船で北木島に行くことになった。自分で飯を炊くのもめんどうなので、ここで朝飯を食ってから行こうと思ってね」

「北木島へ――。身内ってまさか――」

「そのまさかだ。弥五郎が死んだという一報が入った」

佐吉の弟の弥五郎は北木島で岡引を務めており、番替わりの時など、笠岡にもしばしば戻ってきていた。そんな時は佐吉と一緒に真なべ屋に顔を出し、北木島の話をしてくれた。

「あの、弥五郎さんが――」

そこに伊都がやってきた。

「志鶴ちゃんも聞いたかい。あの弥五郎さんがお亡くなりになったんだよ」

「どうしてですか。この前まで、あんなに元気だったのに」

佐吉が肩を落として言う。

「それが、どうしたわけか丁場《ちょうば》の崖から落ちたようなんだ」

石切りの現場は丁場と呼ばれ、深く切り立った崖となっているところが多い。

「だがな、あれだけすばしこい弥五郎が、そんな下手を打つはずはねえ」

弥五郎は幼い頃から敏捷《びんしょう》で、祭りなどで神輿《みこし》の上に乗っても、手を使わずに足だけで立てたという話を聞いたことがある。

「人というのは、どんな災難が降りかかるか分からないもんですね」

弥五郎のことをよく知る伊都も涙声だ。

「それでも己の過《あやま》ちで死んだんだったら仕方ねえ。だが俺には、どうもそうは思えねえんだ」

「弥五郎さんが落ちるところを、誰も見ていなかったんですか」

「ああ。弥五郎は、一人で『丁場の見回りに行く』と言って出掛けたまま戻らなかった。それで下引《したつぴき》たちが手分けして探したところ、丁場に落ちて死んでいたという話だ」

佐吉が無念そうに唇を嚙む。

「足でも滑らせたんですかね」

「自ら落ちたとしたらそうだろう。だがな、ちと気掛かりなことがあるんだ」

「気掛かりって何ですか」

「二月《ふたつき》ほど前、奴が正月に戻ってきたのを覚えているだろう。その時、何の気なしに『仕事はどうだい』って問うたんだ。すると奴は顔を曇らせ、『最近、石の切り出し人足か石運びの中に御影石《みかげいし》の横流しをしている奴がいる』と答えていた。どうもその一言が引っ掛かってな」

北木島の産する御影石は「北木御影」と呼ばれ、御影石の中でも最高級品とされている。その分、北木島でも産出量が少なく、「石の真珠」とまで言われていた。

「つまりその連中に、弥五郎さんが殺されたっていうんですか」

伊都がたしなめる。

「志鶴ちゃん、何もそうと決まったわけじゃないよ」

「まあな。でも、どうにも腑に落ちない。どのみち遺骸を受け取りに行かねばならないから、そのついでに奉行所に申し出て、臨時の探索方としてもらった」

志鶴が口を挟む。

「探索方といえば、下手人探しのすべてを託されているんですよね」

「ああ、そうだ。島の連中を指揮する権限もある。奉行所も帳簿が合わず頭を痛めていたところだ。それで渡りに船ってとこだろう」

その時、台所から賄《まかな》い役の半が膳を持ってやってきた。

いつも真なべ屋の料理には舌鼓を打つ佐吉だが、今朝だけは何も言わずに箸を取った。

その時、志鶴は一つ気づいたことがあった。

「石船と言えば、ほんの数日前、うちに泊まった石船の船子さんたちがいましたよ」

「そいつは珍しいな」

石船の船子たちには、飯場《はんば》と呼ばれる専用の宿が笠岡港の近くにあり、真なべ屋のような旅人用の宿は使わない。

伊都が話を代わる。

「飯場がいっぱいだったんで、こちらに泊めてくれって言ってたわ」

箸を動かしながら佐吉が首をかしげる。

「ここのところ石船はあまり来ていない。なにせ、これだけの物騒な世の中だからな」

志鶴が十七歳になった文久二年（一八六二）、世の中は不穏な空気に包まれていた。一月には、老中の安藤信正が坂下門外で浪士たちに襲われて重傷を負い、薩摩《さつま》の殿様が兵を率いて上洛の途に就くといった話まで聞こえてくる。

世情が不安になれば、城や寺社の改修も先送りになる。そのためここ数年、石の切り出し人足や石運びの仕事が減ってきているという噂を聞いたことがある。

「そいつはおかしいわね。飯場が空いているのに、どうしてうちに泊まったのかしら」

伊都が首をかしげる。

「きっと、うちに泊まりたかったんですよ」

志鶴が言ったが、佐吉が首を左右に振る。

「俺は石工だ。奴らのことはよく知っている。奴らはその日暮らしも同然だ。笠岡の飯場なら石屋連中が共同で切り回しているから、ただで泊まれるのに、わざわざここに泊まるってのも変な話だ。金を余分に持ってたとしても、酒か女に使っちまうもんさ」

真なべ屋に石船の船子が泊まったという記憶は、志鶴にもない。

「それで何人泊まったんだい」

「八人でした」

「そうか。ちょうど石船二艘に乗り組む人数だな」

伊都が口を挟む。

「だからって、その人たちが弥五郎さんの死に、どう関係しているっていうんですか」

「そいつは分からねえ。だが、そいつらが正規の石運び人足ではないため、飯場の連中に顔を見られたくないから、真なべ屋に泊まったというならうなずける」

そう言いながら佐吉が箸を置く。

「行くんですか」

伊都が佐吉の草鞋《わらじ》をそろえる。

「すまねえな」と言いながら、佐吉が草鞋を履く手を止めて問う。

「ところでおかみさんは、そいつらの顔を見ているのかい」

「わたしは台所にいたから、あまり見ていませんね。志鶴ちゃんはどうだい」

「わたしが夕餉を出したので見ました。どの方も物静かで、会話も弾まず、笑みを浮かべることもありませんでした」

「そうか、でも顔は見ているんだな」

「ええ、まあ」

草鞋を履き終わった佐吉が、志鶴を見て言う。

「そいつらをもう一度見たら、分かるかい」

「もちろんです。ほんの数日前のことですから」

志鶴は記憶力がいい上、伊都から「お客さんの顔をよく覚えておくんだよ。次にいらした時に、ご贔屓《ひいき》にしていただいている礼を言わなきゃならないからね」と教えられていたので、この時も八人の顔をしっかりと頭に刻み付けていた。

「そうか。そいつはよかった」

佐吉が伊都の方を向く。

「おかみさん、志鶴ちゃんを二日か三日ほど貸してくれねえか」

「貸すって、どういうことですか」

「北木島に連れていきたいんだ」

「何ですって！」

伊都の顔色が変わる。

「そんな危ういことはさせられません」

「危うくはない。ただ北木島に行き、ここに泊まった奴がいたら指差すだけだ」

「だからって――」

「なあ、おかみさん、頼むよ。危ない目には遭わせないと約束する」

「志鶴ちゃんは、どうなんだい」

ようやく意思を確かめられた志鶴が、強くうなずく。

「行きます。それで佐吉親分のお役に立てるなら」

いつも真なべ屋を気遣ってくれている佐吉に、志鶴は少しでも恩返ししたかった。

伊都がため息交じりに言う。

「仕方ないわね」

伊都が普段から佐吉に感謝しているのを、志鶴はよく知っていた。

「すまんな。志鶴ちゃんの借り賃は払う」

そう言うと佐吉は懐を探り、銭袋から一分銀を取り出した。

「細かいのはない。これで構わねえ」

佐吉は志鶴の手を握ると、それを渡した。

「こんなに——。ありがとうございます」と言いつつ、志鶴が伊都に渡そうとすると、
伊都は首を左右に振り、「あんたの駄賃だよ。あんたの好きにしな」と答えた。

「それより船が出ちまう。さっさと行こう」

「は、はい」

「俺が先に行って船を止めておく」

朝餉のお代を置き、急ぎ足で港に向かおうとする佐吉の背に、伊都の声が掛かる。

「志鶴ちゃんを危うい目に遭わせないで下さいよ！」

遠くから「分かってらあ！」という声が返ってきた。

志鶴は急いで自室に戻って旅の支度をした。何を着ていこうか迷ったが、船子たちが泊まった時に着ていなかった、山吹の地に銀煤竹《ぎんすすたけ》と柿渋色の子持ち格子模様の着物にした。近所の老婆にもらった上物だが、目立たない模様なのでいいと思ったのだ。

着替えなどを入れた風呂敷を摑んで飛び出そうとすると、「これを持ってお行き」と言って、伊都が握り飯の包みを渡してくれた。

「おかみさん、すみません」

「いいのよ。それよりも気をつけるんだよ」

「分かっています」

志鶴が真なべ屋を後にすると、背後から伊都の「早く帰ってくるんだよ」という声が聞こえた。

二

船が北木島に近づいていくと、沿岸や海辺に転がる無数の大石が見えてきた。

「あんなに大きな石があるんですね」

「そうさ。かつてこの島の石は、太閤殿下や東照大権現様（徳川家康）の大坂城の石垣にも使われていたんだ」

秀吉の大坂城が夏の陣で焼け落ちた後、家康と二代将軍秀忠は、新たに土盛りをして石垣を積むことで豊臣政権の威光を消し去ることに力を入れた。そのため大坂城の石垣は、秀吉時代のものの上に徳川時代のものがかぶさる形になった。その二つの大坂城の石垣の主要な部分を担ったのが、北木島の石だった。

「それだけじゃない。この島の石には『北木御影』と呼ばれるものがあり、どこの御影石よりも美しいと評判だ」

「えっ、それは本当ですか」

「ああ、本当だとも。磨き上げると繊細な模様が浮かび上がってくる。そんな御影石は、ここでしか採れねえ」

「そんなに美しいなら、ぜひ見てみたいです」

「いくらでも見る機会はある」

「あっ、あれは」

志鶴の指差す先には、ひときわ大きな岩があった。

「あれは猫岩だ。海に向いたあの面をよく見てみろ。猫の顔のように見えるだろう」

「あっ、そうですね」

大石には猫の横顔が刻まれていた。むろん誰かが刻んだのではなく自然のいたずらだが、目鼻立ちもはっきりしている。

「源平の昔、平家のある大将が北木島の沖で合戦に臨んだ。その時、船に猫を乗せていた。どうやら縁起を担いだらしい。ところが平家は敗れ、大将は死んだ。猫はこの島に泳ぎ着いたが、大将の死を嘆き悲しみ、いつまでもあの岩の上で啼いていたらしい。そのうち猫も死に、それ以後、あの岩にその顔が浮かぶようになったという」

「可哀想な話ですね」

志鶴は討ち死にした大将よりも、人の勝手な事情で船に乗せられた猫に同情した。

「あっ、あれは何ですか」

猫岩の近くに、三つの岩が積まれるように折り重なっているのが見えた。

「あれは重ね岩だ」

「誰があんなことを――」

「一説には大坂城の石垣に使うつもりで重ねておいたが、石が足りたという知らせが入り、そのままになったという。だが、あれだけの大石を三段にわたって積み重ねるのは至難の業だ。それに浜に転がしておけばいいものを、わざわざ重ねる必要はねえと思うんだけどな」

「ということは、自然にああなったんですか」

「分からねえ。随分と昔、北木島の山が火を噴き、石を吐き出した。その時に飛ばされた石がたまたま重なり合ったという説もあるんだが、それにしてはできすぎている。切り出したとしか思えない三つの大石が飛んできて、同じ場所に積み上がったというのもおかしな話だろう」

志鶴にはどう答えていいか分からない。

やがて船が大浦《おおうら》港の船溜まりに着いた。ここは石船の積出港ではないものの、北木島の表玄関と言える港だ。

船を降りると、二十代半ばとおぼしき男が待っていた。

「おう、庄助《しょうすけ》、苦労を掛けるな」

佐吉が右手を挙げて近づいていく。

「お久しぶりです。この度のご不幸、お悔やみ申し上げます」

その小柄な男は腰をかがめて挨拶した。

「お悔やみはまだ早い。俺は弥五郎の遺骸を見るまで、奴の死が信じられねえんだ」

「それはそうです。では早速、弥五郎さんの遺骸が安置されている番所にご案内しましょう。あれっ、こちらのお方は佐吉親分の娘さんですか」

「いや、この子は真なべ屋の子だ」

「ああ、そうでしたか」

庄助と呼ばれた男が頭をかく。だが、伊都の子かどうかまでは聞いてこなかったので、志鶴も自らの立場を言わなかった。

「おっと、紹介が遅れたが、こいつは弥五郎の下引を務めていた庄助だ」

「お初にお目にかかります。志鶴です」

「し、づ、るというのかい」

「はい。志に鶴と書きます。以後、お見知りおきを」

「こ、こっちこそ、よろしくな」

庄助が戸惑ったような笑みを浮かべた。

一行は北木島の繁華な通りを抜けていった。ここには石材を扱うことを生業とする者が常時二百から三百人はいて、夕暮れ時になると居酒屋や女郎屋にたむろしている。

酔った男たちが大声を上げげながら通りを闊歩《かっぽ》するのを避けながら、三人は町外れの番所に向かった。

その途次、思い出したかのように佐吉が問うた。

「そういえば庄助、お前さんは阿賀《あが》の出だったな」

阿賀とは、同じ備中国ながら笠岡の二十里ほど北にある郡のことだ。

「へい。北辺に近い田治部《たじべ》村の出で」

「そうだったか。この娘は阿賀の近くの生まれだぞ」

「へえ、奇遇ですね」

庄助は人懐っこい笑みを浮かべたが、志鶴の村の名までは聞いてこなかった。

だが番所が近づくにつれて、三人とも会話が少なくなった。

「こちらです。こんなところしかなくて申し訳ありません」

庄助が戸を開けると、畳の上に床《とこ》が延べられ、顔を白布で覆われた遺骸が横たわっていた。

志鶴は近所の人の葬儀にも出たことがあり、遺骸に接したことがないわけではない。

だが横たわる遺骸を前にすると、やはり緊張する。

「まずはお顔を」

庄助が丁寧に白布を取り除けると、弥五郎の顔が現れた。薄く化粧されているためか、弥五郎は生きているかのように血色がいい。

「本当に、お前だったんだな」

佐吉の言葉には、人違いという最後の望みが断たれた落胆が溢れていた。

「お線香を上げてやって下さい」

茫然と弥五郎を見下ろす佐吉を庄助が促す。

「ああ、そうだな」

佐吉に続いて志鶴も線香を上げて手を合わせた。

――弥五郎さん、成仏して下さい。

白い歯を見せて笑っていた弥五郎の面影が、懐かしく思い出される。

「弥五郎には女房も子もいなかった」

それでも弥五郎は三十代前半だったので、まだ誰かと所帯を持つ可能性はあった。しかし、この島で一年の大半を過ごしているので、なかなか縁談が来ないと嘆いていた。

庄助がしみじみと言う。

「親分、俺も弥五郎さんの下で働けて幸いでした」

「そうか。きっと奴もお前と一緒に仕事ができてよかったと思っているよ」

しんみりとした空気が流れる。

「さて」と言って、佐吉が膝を叩く。

「仕事に掛かるか」

「仕事って、何の仕事で」

庄助が瞠目《どうもく》する。

「決まってるじゃねえか。弥五郎を殺した下手人を探すんだ。俺は探索方として、この島にやってきたんだ」

「えっ、そうなんですか。つまり弥五郎さんは、殺されたとにらんでいるんですかい」

「弥五郎が落ちたのは、四日前の真っ昼間だろう。しかも晴天だった」

「ええ、まあ」

「そんな時に落ちるほど、奴はぼんくらじゃねえ」

「でも人というのは、魔が差す時があると言います」

「弥五郎に限って、そんなことはねえ」

そう言うと、佐吉は腕まくりをして細紐で袖を止めた。

「まずは顔、続いて体を見ていく」

「待って下さい。弥五郎さんは崖から落ちて亡くなったんです。しかもお亡くなりになってから四日も経っており、明日にも葬らないと――」

志鶴の方をちらりと見てから、庄助が言葉を濁した。

「わたしなら心配要りません。佐吉親分を手伝いに来たんですから」

「本当に大丈夫か」

佐吉が射るような視線を志鶴に向けた。

「はい。お手伝いさせて下さい」

「よし、分かった。志鶴ちゃんは裏の井戸から水を汲んできてくれ」

「分かりました」

志鶴が水を汲んで戻ると、弥五郎は褌《ふんどし》一丁にされていた。

体には紫色の斑点が浮かび上がり、わずかに腐臭を放っている。

「よし、始めるぞ」

佐吉はルーペと呼ばれる拡大鏡を取り出すと、顔から順に念入りに見ていった。

どうやら弥五郎の体の骨は、ぼろぼろに折れているようで、ところどころで骨が皮を突き破っていた。

――ああ、可哀想に。

あんなに明るく、大きな声で笑っていた弥五郎が、こんな変わり果てた姿になるとは、志鶴には信じられなかった。

「自慢の歯もほとんど折れちまったな」

佐吉が口の中を検分しつつ言う。

弥五郎は歯並びのよさが自慢だった。

「志鶴ちゃん、大丈夫か。気分が悪くなったら、外に出ていても構わねえぞ」

「心配要りません」

恐ろしくないと言えば嘘になる。だが志鶴は佐吉を手伝うことが弥五郎のためになると思い、佐吉の傍らを離れなかった。

「これは何だ」

弥五郎の腹には、わずかな青あざがあった。

「腹を殴られているな」

「それは死斑ですよ」

庄助の意見に、佐吉が首を振る。

「いや、死斑じゃねえ。これと比べれば分かる」

佐吉は、死斑とおぼしきものと腹の青あざを示した。確かに大きさからして違う。

「落ちた時に、できたんじゃないですか」

「腹にだけ石が当たったとでも言うのか」

確かに、ほかの部分に青あざらしきものはない。

続いて佐吉は、弥五郎の首筋を念入りに検分した。その時、佐吉の指示に従い、志鶴は首筋を丁寧に拭いた。すると汚れが除かれて何かが見えてきた。

「ここに少し擦り傷がある。爪でできたようだ。しかも全体的に鬱血しているようにも見える」

「そうですかね。北木島の医家は、そんなこと言ってませんでしたけど」

庄助は性格なのか、万事に懐疑的だ。

「あんな老いぼれに何が分かる」

続いて佐吉は、手の甲と手の平に何かを見つけた。

「これは何だ」

「かぶれているようですね」

「何にかぶれたんだ」

「さて――、樹木の脂《やに》じゃないですか」

「いや、これはそんなんじゃない」

佐吉が険しい顔で言う。

「樹木の脂だと患部が丸くなる。これは細い筋がいくつか付いている」

その時、志鶴に閃《ひらめ》くものがあった。

「親分、これはツタウルシですよ」

「そうか。この辺でかぶれる草木は、それくらいしかないな。でも志鶴ちゃんは何で知っているんだ」

「わたしの田舎に、よく生えていましたから。ねえ、庄助さん」

「ああ、そういえばそうだな」

庄助が頭をかく。

「それで庄助、弥五郎が落ちた辺りにツタウルシは生えていたのか」

「分かりません」

「それじゃ、明日の朝一で弥五郎を荼毘《だび》に付した後、午後から現場に行こう」

「分かりました。すぐに手配しておきます」

解放されたことを喜ぶかのように庄助が走り去ろうとするのを、佐吉が制した。

「寺と坊主の手配は後でいい」

「へっ」と言って庄助が座に戻る。

「結句、弥五郎は背後から首を絞め上げられ、腹を何度か殴られて気を失い、突き落とされたんだろう」

「ああ、何てひどいことを――」

志鶴が小さく悲鳴を上げる。

「つまり、少なくとも下手人は二人というわけだ。おそらく弥五郎は、『北木御影』を盗んだ奴らを追いかけていた。ところがその途中で、奴らの逆襲を食らい――」

「ちょっと待って下さい」

庄助が佐吉を制する。

「そう先走らず、まずは弥五郎さんが亡くなった場所を見てから見当をつけませんか」

「それはそうだ。あまり先走っても方向を見誤るかもしれねえからな」

佐吉は銑豆煙管を取り出すと、煙草を詰め始めた。

「庄助、弥五郎の前で一献《いっこん》傾けよう。そうだ。その前に志鶴ちゃんを宿まで送ってくれるかい」

「分かりました。じゃあ、こちらへ」

庄助が先に立つ。

「志鶴ちゃん、明日は弥五郎の葬儀だが、それが終わったら、真なべ屋に泊まっていたという連中も探し始める。だから今日はもう休んでくれ」

「はい。そうさせていただきます」

庄助の案内で、志鶴は宿に向かった。

佐吉を前にした時の愛想のよさとは別人のように、庄助は口を閉ざしたまま先に立ち、雑踏をかき分けていく。

――意外に無口な人なんだ。

志鶴は自分の方から話し掛けてみた。

「ここは賑やかなんですね」

「ああ、そうだね。石の産地だからな。石の切り出し人足や石運びがたくさんいる」

「どのくらいいるんですか」

「今は二百から三百ほどだが、もっと前は四百人以上いたという」

日々の労働の辛さを酒と女で紛らわしているのだろう。泥酔している者が多い。

「庄助さんは阿賀の出なんですよね」

「ああ、そうだよ」

「どうして、この島に来たんですか」

「俺は三男なんで、十になった時、年季奉公に出された。それで年季が明けても村に帰らず、流れ流れて北木島に着いたってわけさ」

「そうだったんですね。わたしも――」

志鶴が自分の身の上話を語る。

「お前さんも苦労してきたんだな」

「わたしの苦労なんて、たいしたことじゃありません」

「俺たちは似た者同士だ」

庄助が笑みを浮かべる。庄助が次第に打ち解けてきた様子に、志鶴は安堵した。

「弥五郎さんの死について、庄助さんはどう思われているんですか」

「ああ、そのことか。佐吉親分の見立てとは違うが、俺は単に足を滑らせたと思っている。というのも、ここの石の切り出し人足たちの規律は厳しいから、悪さをする奴はそうそういない。たまに酒が入って女郎の取り合いをするくらいさ」

石の切り出し人足は徒弟制度が浸透した厳しい職種の一つで、少年でこの世界に入った場合、五年の年季奉公となる。その時、全額前金で親に渡されるので、本人に俸給《ほうきゅう》は出ない。それでも食事や衣類は給されるので、日々の生活には困らないが、自由になる金がなくて辛いという。

「とても厳しいんですね」

「ああ、そうだよ。だから弥五郎さんを突き落とす奴なんていない。弥五郎さんは足を滑らせたんだ」

庄助が自分に言い聞かせるように言った。

「さあ、着いたぜ」

庄助が「天野屋《あまのや》」と書かれた宿屋の暖簾《のれん》をくぐった。

三

翌朝、弥五郎を荼毘に付し、供養と埋葬を済ませた佐吉と志鶴は、庄助の案内で弥五郎が落ちたという場所に向かった。

北木島は地質が花崗岩《かこうがん》でできており、その上を風化土が覆《おお》っている。そのため風化土が薄いところでは、露頭《ろとう》と呼ばれる露出石が見られる。石専門の山師はその露頭の質を確かめ、丁場にするかどうかを見極める。むろん積み出しの便宜も考慮され、港に近い場所に丁場が設けられることが多い。

石は風化土を除去した上で露頭から掘り下げていくので、丁場は自然と深くなる。中には十間（約十八メートル）に及ぶものさえある。

弥五郎が落ちたという丁場は、五間（約九メートル）から六間（約十一メートル）の高低差があった。

「ここから落ちたら、ただではすまないな」

佐吉がため息をつくと、庄助がここぞとばかりに言う。

「そうなんですよ。この島はこうした丁場ばかりです。一年に何度か、石の切り出し人足が落ちて大怪我をします」

「それでも死にはしないだろう」

「まあ、死んだという話はあまり聞かないですね」

「それに雨も降っていない真っ昼間に、こんなところで足を滑らせるのは解《げ》せねえ」

弥五郎が落ちたという場所は、猫車と呼ばれる手押し車に石を載せて運び出すための石出道《いしだしみち》で、猫車が擦れ違えるくらいの幅がある。身を乗り出さない限り、落ちるような場所ではない。

「しかも、落ちるのを見た者はいない」

「仕事が終わって、人足たちが引き揚げた後だったらしいんです」

「それはおかしい。盗人を見張るのなら、夜になってから来るはずだ」

三人は石出道を下り、落下した現場にも行ってみた。

「ここらの石に当たったんだな」

そこには、尖った大石がごろごろしていた。

「だが解せないのは、人はどこかに落ちれば手をつくだろう。たいていは手で落下の衝撃を防ごうとする。だから落ちた時に手首か腕を折る。だが弥五郎の腕は折れていないどころか、手の平に擦り傷一つなかった。ということは、手をつかずに体から落ちたということになる」

「落ちた瞬間に気を失うこともありますし、一瞬のことなので、手をつく体勢が取れなかったとも考えられます」

「それはそうかもしれない。だが、すべての偶然が悪い方悪い方に働くというのも解せねえ」

丁場の石の一つに腰掛けた佐吉は首を捻ると、煙草を吸い始めた。

志鶴は摘んできた花をそこに置くと、線香の束を佐吉に渡した。佐吉はそれに火をつけて、手を合わせた。

「弥五郎、成仏しろよ。下手人は必ず見つけてやる」

その言葉からは、佐吉の弥五郎に対する思いがひしひしと伝わってくる。

「庄助、弥五郎とお前は、『北木御影』を横流ししている奴を探してたんだってな」

「へえ、そうなんです。切り出した石と積み出す石の帳尻が合わず、誰かが上質な御影石だけを盗み、運び出していたとしか思えないんです」

「で、そのことで何か手掛かりは摑めたのか」

「それが、さっぱりなんでさあ」

「そうか」

佐吉が険しい顔で煙管をくゆらせる。

「じゃ、しょうがねえな。まずは腰を落ち着けて下手人たちを探すことにしよう」

「てことは、旦那はいつまでここにおられるんで」

「笠岡の奉行所には、弥五郎を殺した奴らをひっ捕らえるまで戻ってこないと言ってきた。お奉行様は『好きにしろ』と仰せだ」

そう言って笑うと、佐吉は勢いよく灰を落とした。

「でも、何の手掛かりもないのに、どうやって探すんですかい」

「手掛かりはあるじゃねえか。ツタウルシだ。どうやらこの周辺には生えていないようだがな」

志鶴の気づかないうちに、佐吉は周囲を見回し、ツタウルシの有無を確かめていたらしい。

「そうですね。そんなもんが生えている場所は、俺も知りません」

「おそらく弥五郎は、船に御影石を積み込んでいるのをツタウルシの陰から一人で見ていたのだろう。だが警戒に当たっていた連中に見つかっちまった。それで二人組によって首を絞められた」

「そして遺骸を、ここに運んで落としたと――」

「その時、死んでいたかどうかは分からねえが、まあ、そういうことだ。すべては、それで符合する」

佐吉の顔が憎悪に歪んだ。

大浦港の天野屋に戻った志鶴は、二階の連子窓《れんじまど》を開けると、腰を下ろして道行く人々を眺めていた。

佐吉は庄助らを引き連れ、ツタウルシの密生する場所を探しに行った。退屈なので志鶴も行くと言ったが、佐吉は「それは任せてくんな」と言い、「志鶴ちゃんは宿の窓から道行く人たちを眺め、真なべ屋に泊まった者がいたら知らせてくれ」と言い置いていった。

山や雑木林に入ることもあるので、足手まといになるとでも思ったのか、体《てい》よく追い払われた形になったが、志鶴が北木島に連れてこられた本来の目的は、真なべ屋に泊まった石船の船子たちを探すことなので仕方がない。

――わたしは、いつも待ってばかり。

ふと、そんな思いが脳裏をよぎる。

これまでの志鶴の人生は、旅人たちが真なべ屋で風待ちや潮待ちをするように、誰かを待つようなものだった。預けられた最初の頃は、いつの日か父親が迎えに来てくれるものと信じていた。だがそれは叶わず、瞬く間に八年余の歳月が経ってしまった。

すでに夜の帳《とばり》は下り、道行く人々の顔が判別しにくくなってきた。

――こんなことをしても、見つかるはずがない。

退屈した志鶴が伸びをした時だった。通りの左手に男が現れた。灯火に照らされた一瞬のことだったので定かではないが、その顔に見覚えがあるような気がした。

志鶴は伊都も驚くほどの記憶力の持ち主で、一度見た人の顔を見誤りはしない。だが人違いかもしれないので、まずは確かめねばならない。

息を詰めるように凝視していると、男の顔が再び紅燈に照らされた。

――間違いない。

それは真なべ屋に泊まった船子の一人で、最も若い男だった。

男は慌てる風もなく、何かを探しているかのように、左右の見世棚を眺めながら歩いている。

――「もしも船子を見つけた時は、宿の人を番所に走らせろ」と親分は言っていた。

佐吉の言葉を思い出した志鶴は、反転すると襖を開けて階下に向かって叫んだ。

「どなたかいますか！」

だが階下からは、何の反応もない。

「どなたかお願いします！」

繰り返し声を掛けてみたものの返事はない。買い出しなどで主人や使用人が出払ってしまったのだろう。

開け放たれた連子窓に戻った志鶴が恐る恐る下をのぞくと、男は屋台見世の一つの前にしゃがみ、売り手と交渉していた。その店が魚売りなので、食材を仕入れているのだと分かる。

やがて話がついたのか、男が立ち上がった。男は銭を渡すと、何人分かの魚介類を受け取り、背負子《しょいこ》に投げ入れた。

――わたしが追うしかない。

志鶴は決意すると、宿の階段を駆け下りた。

通りに出ると、立ち去る男の後ろ姿が見えた。志鶴は雑踏に身を隠しながら男の跡をつけた。

やがて賑やかな町並みは終わり、海沿いの道になった。夜陰に紛れて跡をつけているので簡単には見つからないだろうが、このまま行くのも不安だ。

どうしようかと思っていると、道の先から十歳くらいの少年が歩いてきた。そこで志鶴は、少年に一分銀を与え、「志鶴が真なべ屋に泊まった男を見つけたこと」「志鶴が男をつけていくこと」「男は大浦から伸びる道を北に向かったこと」を番所に告げるように依頼した。

男の子は聡明なのか、志鶴の言ったことを繰り返すと、大浦に向かって駆け出した。

「頼んだわよ」

その背に声を掛けると、志鶴は再び男の跡を追った。

積み出しの便利さから、北木島の丁場は島の北西にある豊浦《とようら》、千《ち》ノ浜《はま》、金風呂《かなふろ》の三つの港の近くに設けられている。そのため石の切り出し人足や石運びは大浦で一夜の息抜きをした後、海岸沿いの道を通って島の北西へと帰っていく。海岸沿いの道に人通りは多く、いざという時には、誰かを頼ることもできる。

しかもその若い男は、買い込んだ魚や野菜を背負子に入れて歩いているので、振り向くことがない。そのため跡をつけるのは、さほど難しいことではなかった。

だが海沿いの道を行く男たちは、志鶴の姿を見掛けると冷やかしのような声を掛けてくる。だから志鶴は声を掛けられないよう、顔を隠すようにして足早に歩いた。

道は猫岩と重ね岩のある楠港《くすのきみなと》を越え、矢倉《やぐら》の鼻《はな》を回り込んで三つの港へと続いている。最初に通る豊浦にもいくつか飯場はあり、灯りがついている。そこにある飯場に入っていく人足もいるが、大半は最大の積出港である金風呂を目指していく。

続いて千ノ浜が見えてきた。二つの港の間にある千ノ浜は、三つの積出港の中で最も狭く、飯場もほとんどない。ところが男は、道から外れて内陸部へと入っていった。

——もうやめようか。

志鶴は立ち止まって思案した。

海岸沿いの道ならまだしも、脇道に入ってしまえば、いざという時に助けを呼ぶことができない。だがここで追跡をあきらめてしまえば、下手人たちの隠れ家がある場所を特定できなくなる。

——どうしよう。

一瞬、迷った志鶴だったが、佐吉の役に立ちたいという思いが勝った。

志鶴が脇道に踏み入ると、草生《くさむ》した一本道をさほど行かないうちに灯りが見えてきた。

——きっと隠れ家だ。

案に相違せず、廃屋らしき農家の一軒に若い男は入っていった。

志鶴は近くの草むらにしゃがむと、息を殺して中の様子をうかがった。

——あっ。

その時、手の甲にひりひりした痛みを感じた。慌ててそこを見ると、赤い線がいくつか走っている。周囲を見回すと、同じような草が生い茂っていた。

——ここはツタウルシの群生地だ。弥五郎さんも、ここから中の様子を探っていたんだわ。

これで佐吉の推理が裏付けられた。

隠れ家が分かったので引き揚げようと思い、志鶴は元来た道を引き返した。

もう少しで海岸沿いの道に出るという時だった。前方から提灯《ちょうちん》が迫ってきた。

「はっ」として草むらに隠れようとした志鶴だったが、提灯に「御用」と書かれているのに気づいた。

——よかった。あの子が誰かに伝えてくれたんだわ。

志鶴が提灯に向かって走ると、その足音に気づいたのか提灯が止まった。

——よかった。やはり庄助さんだ。

志鶴は安堵して庄助に小声で伝えた。

「庄助さん、船子たちの隠れ家を見つけたわ」

満面に笑みを浮かべて喜ぶかと思ったが、庄助は無表情なままだ。

「弥五郎さんを殺した下手人の隠れ家を見つけたのよ」

提灯を間にして二人が向き合う。

「そうか。それはよかった。早速、案内してくれ」

ようやく庄助が重い口を開く。

「佐吉親分に伝えるのが先よ」

「いや、先に隠れ家の位置を確かめておきたい」

「分かったわ。こっちよ」

仕方なく志鶴が踵《きびす》を返した時だった。

首筋に激しい痛みを感じると、志鶴の意識は遠のいていった。

四

志鶴は夢を見ていた。

伊都たちに別れを告げ、自ら真なべ屋を出ていく夢だ。伊都たちは引き留めてくれるが、志鶴はどうしても出ていかねばならないと思った。

どこに行くつもりなのかは自分でも分からない。だが何かを待つのはもう嫌だった。

——わたしは自分の力で人生を切り開く。

それでも後ろ髪を引かれるような思いを捨てきれない。

——やはりわたしは、ここから出ていけないのか。

あきらめにも似た感情が脳裏を占める。

次の瞬間、男たちの笑い声が聞こえてきた。

はっとして目を開けると、薄暗い中、数人の男たちが車座になって酒を飲んでいた。

その中心の囲炉裏には鍋が掛かり、魚や野菜が煮られている。

体を動かそうとしたが、腕は後ろ手に縛られ、足首にも縄が巻き付けられている。

——わたしはここで何をしているの。

直前の記憶が途切れているためか、ここに至るまでの経緯《いきさつ》が分からない。

——佐吉親分と一緒に船に乗って島に来たわ。

だが、それから後のことがうまく思い出せないのだ。

「おっ、娘さんがお目覚めだぜ」

その中の一人が、志鶴が目覚めたことに気づいた。

「あの、ここはどこですか。どうしてわたしは縛られているんですか」

志鶴の言葉に男たちがどっと沸く。志鶴には、その理由が分からない。

「そうか。俺たちのことを何も覚えていないんだな」

男たちの顔は、どこかで見たような気がする。

「数日前に真なべ屋に泊まった船子たちさ。覚えているだろう」

突然、記憶がよみがえる。

——そうだ。この人たちはお客さんだ。そしてわたしは、この人たちを探すためにこの島にやってきた。

「どうやら忘れちまったようだぜ」

志鶴は何も言わない方がよいと思った。

「庄助に当て身を食らって、背後から締め上げられたんだろう。それで、ぱあっと記憶が吹っ飛んじまったんだ」

再び男たちが沸く。

——庄助さんは一味だったんだ。

童子に伝言を託したのが裏目に出たことを、志鶴は覚《さと》った。

庄助を信じてしまった口惜しさが、じんわりとわき上がってくる。

車座の中から一人の男が抜け出し、志鶴に近づいてきた。

「なあ、俺と仲よくしないか」

——何てことなの。

男は酒が入れば何をするか分からないと、伊都から噛んで含めるように言い聞かされてきたが、これでは逃げることもできない。

複数の男が獣のような目をして近づいてきた。

そのうちの一人が志鶴の肩に手を掛けた時だった。

「よせ！」

突然、戸が開くと庄助が立っていた。

「うるせえな。少しぐらい楽しんだっていいだろう」

一人が不平を鳴らす。

「だめだ。この娘は女衒《ぜげん》に売り渡すんだ。その前に手が付いていたら買い叩かれる」

「分かりゃしねえよ」

「女衒はそれで食っている。生娘《きむすめ》かどうかくらい一目で見分けられる」

——庄助さんは、なぜわたしを助けようとしているの。

理由は分からないが、庄助が志鶴をかばっているのは明らかだった。

「分かったよ。大浦に女郎も買いに行けないんじゃ、踏んだり蹴ったりだな」

「明日の夜明け、すでに積み込んでいる御影石を倉敷に届ければ、金が手に入る。女などそれから買えばよい」

「けっ、仕方ねえな」

男たちは車座に戻り、酒盛りを続けた。

一方、庄助は「俺は見回りに行ってくる。娘は売り物だ。絶対に手を出すな」と言い残すと出ていった。

男たちは「何様のつもりだ」などと言って悪態をついているが、庄助の言葉に従って志鶴に近づく者はいなくなった。だがいつ何時、気が変わるか分からない。

——ここから逃げ出さなくては。

志鶴は目をつぶり、寝ている風を装った。すると男たちも次第に静かになった。志鶴が薄目を開けて見ると、酔いつぶれて寝入ってしまったらしい。

――この縄を何とか解《と》かないと。

男たち全員が寝入ったのを確かめてから、志鶴は手首を懸命に動かしてみた。だが厳しく縛られているためか、びくともしない。

――このままだと女衒に売られてしまう。

志鶴に焦りが生じる。

女衒なり女郎屋に売られてしまうと、誰かが買い戻してくれない限り、年季奉公の明けるまで辛い仕事をさせられる。

――おかみさん、助けて。

涙が溢れそうになる。

その時、志鶴の目に何かが映った。寝入っている一人の男の懐に「鎧通《よろいどお》し」と呼ばれる先の尖った小刀が見えたのだ。石を裁断する時に目印や線を付ける道具だろう。

――どうしよう。

それを奪えば、縄が切れるかもしれない。だが縛られたままの体勢で、そこに行くのは至難の業だ。うまくたどり着けたとしても、男が起きてしまえば万事休すとなる。しかも見回りに行った庄助が、いつ帰ってくるか分からない。

――やはりやめよう。

芋虫のように体をにじらせることしかできない志鶴が、男の許にたどり着き、懐からのぞいている「鎧通し」を後ろ手で奪うことなどできようはずもない。しかもそれで、確実に縄を切断できるという保証はないのだ。

——助けを待つしかないのか。

あきらめのような感情が胸内に広がる。

だがその時、「わたしは、いつも待ってばかり」という言葉が脳裏に閃いた。

——待っているだけでは運は開けない。運は自分で切り開くもの。

志鶴は横になると、身悶えするようにして進んだ。衣擦れの音はするが、男たちの鼾《いびき》が高らかに鳴っているので、それで起きることもないはずだ。

農家の囲炉裏は大きいので、男たちの間に体を滑り込ませるくらいの空間はある。

志鶴は二人の男の間を何とかすり抜けると、「鎧通し」を懐に入れた男の許にたどり着いた。ここに至るまでで、冷や汗をびっしょりかいている。

男は左側を下にして横たわっており、うまく体を寄せられれば、「鎧通し」だけ抜き取ることができる。

——志鶴、しっかりしなさい。

そう自分に言い聞かせると、志鶴は体をねじって上半身だけ起き上がった。そして男に背を向けると、少しずつ近づいていく。

その時、うなり声が聞こえた。誰かが寝言を言ったのだ。

「はっ」として動きを止めた志鶴だったが、胸を撫で下ろすと、再び尻をねじるようにして男に近づいていった。背中から近づくので、男に触れないようにするのが難しい。だが幸いにして目的の男は熟睡しているらしく、寝返り一つ打たない。

――もう少しだわ。

男の体に接するまで近づいた志鶴は、後ろ手に縛られたままの両手を伸ばした。手の先が男の着物に触れたのが分かる。

肩越しに男の位置を確かめつつ、ようやく「鎧通し」に触れる位置まで近づけた。続いて指の先で「鎧通し」の先端をつまむと、それをゆっくりと引いた。すると、鞘《さや》を男の懐に残したまま「鎧通し」を抜くことができた。

指で手繰り寄せるようにして「鎧通し」を逆手に持ち替えると、志鶴は縄にこすり付けた。すぐに手応えがあった。

幾重にも巻き付けられた縄が一本、二本と切断されていく。やがてすべての縄が切れ、志鶴は両手の自由を取り戻した。

――やったわ！

すぐに「鎧通し」で足の縄を断ち切ると、志鶴は立ち上がった。

――逃げ出さなくては。

足音を立てずに戸口に近づいていくと、志鶴は慎重にそれを開いた。

ひんやりとした潮風が肌に心地よい。遠くで潮騒も聞こえる。

逃げようと思ったその時、志鶴は肝心なことを思い出した。

――確か庄助さんは、御影石は積み込み終わっていると言っていたわ。

体の自由を得さえすれば、夜陰に紛れて逃げることもできる。志鶴の心に余裕が出てきた。

志鶴は船に御影石が積まれているかどうかだけでも確かめようと、浜に回ってみた。

すると浜には石を運んだとおぼしきコロの跡が点々と付き、その先の桟橋の左右には、二艘の石船が舫《もや》ってあった。

その一艘に飛び移った志鶴は、覆いの端を少しめくった。

――あった！

月光に照らされ、水中の御影石は妖しく輝いていた。

この島に着いた時、佐吉が「いくらでも見る機会はある」と言っていた「北木御影」だが、こういう形で出会うとは思いもしなかった。

うっとりとその美しさに見とれていた志鶴だが、はっとしてわれに返った。

――このことを早く伝えなければ。

その時、船から桟橋に戻った志鶴の目を明るい光が射た。

五

あまりの明るさによろけそうになった志鶴だったが、目が慣れてくると、龕灯《がんどう》を持った庄助が立っていると分かった。

——ああ、どうしよう！

落胆と焦りが波のように押し寄せてくる。

「よくぞ抜け出したな」

庄助は驚くでも怒るでもなく、悠然とそこに佇んでいた。

「やはり庄助さんたちが、弥五郎さんを殺したんですね」

「仕方なかったんだ。弥五郎さんに探索をあきらめるよう、俺は幾度となく言った。でも弥五郎さんは聞かなかった」

「お役目柄、当たり前じゃないですか」

「お前さんに言われちゃ、俺も形無しだな」

庄助の笑いが空しく響く。

「どうして御影石の横流しなんてことをしたんですか」

「このまま下引で一生を終わらせるわけにはいかねえ。そのためには金が要る」

「だけど人を殺してまで——」

「もう終わったことだ。それよりも志鶴ちゃん、ここから逃げるんだ」

「わたしを逃がしてくれるんですか。いったいどうして——」

庄助が龕灯を置く。

空が白んできたのか、背後の山の輪郭が見えてきた。

「実はな――」

少し逡巡した後、思いきるように庄助が言った。

「俺は童子《わっぱ》の頃、川で溺れたことがあった」

――どういうこと。

志鶴には、庄助が何を語ろうとしているのか見当もつかない。

「下流までどんどん流されていき、『もうだめだ』と思ったその時、川に飛び込んで助けてくれた人がいた。それが、お前さんのおとっつぁんだったたってわけさ」

「わたしの父が、庄助さんを助けたというんですか」

「そういうことだ。たまたまわたしの父だと分かったんですか」

「でも、どうしてわたしの父だと分かったんですか」

「俺を助けた後、そのお方は小さい女の子の手を握り、『志鶴、じゃ、帰ろうか』と言ったんだ」

「えっ、つまり、その女の子はわたしだと――」

「そうさ。志鶴なんて珍しい名だ。それだけが頭にこびりついていたんだ」

記憶にはないが、庄助が助けられるまでの一部始終を、志鶴は見ていたことになる。

「それで、わたしを逃がしてくれるんですね」

「そうさ。あの時の恩返しだ」

「でも、そんなことをしたら――」

「お前さんが、佐吉親分に真相を語っちまうってんだな」

志鶴がうなずく。

「佐吉親分が駆け付ける前に、俺たちはこの島を出る」

「でも、戻ってきたら――」

「この島に戻るつもりはない。つまり、こんなことは今日で仕舞だ。幸いにして小金も貯まったし、倉敷に着いて分け前をもらったら、足を洗って江戸にでも行く」

その時だった。数人の男たちが、何事か喚きながらこちらに駆け寄ってくるのが見えた。その中には、「こっちだ。こっちにいたぞ！」という声も聞こえる。

「しまった！」

どうやら庄助の仲間が起きて、志鶴がいないことに気づいたようだ。

――これでは逃げられない。

とっさに逃げようと思った志鶴だったが、朝日が海面から顔を出しつつあり、隠れる場所などない。

「手こずらせやがって！」

「庄助、小娘をよく見つけたな」

男たちが口々に言う。

頭目らしき男が庄助に向き合うと言った。

「庄助、お前は『女など売っ払っちまえば足は付かねえ』と言ったが、やはり小娘は殺しておいた方がよさそうだ」

残る者たちも「そうだ、そうだ」と賛同する。

「待てよ。この娘は売るんじゃなかったのか」

「俺たちは真なべ屋で顔を見られている。殺すに越したことはねえ」

「この娘なら十両で売れる。うまくすれば、女衒はもっと高い値をつけるかもしれねえ」

「女衒は甘かねえ。そう言ったのはお前じゃねえか。俺たちの足元を見て買い叩かれるのが関の山だ」

「だからって殺すより、金になる方がましだろう」

志鶴を庇うかのように庄助が後ずさる。だが、その先は桟橋の終点だ。

「庄助、お前、この娘に惚れちまったのか」

頭目の一言に、男たちがどっと沸く。

「そうだ。そうに違《ちげ》えねえ！」

誰かが喚くと、頭目が首をかしげながら言った。

「この前、岡引を殺したことで、笠岡から探索方が島に入ったというじゃねえか」

「だから、どうしたってんだ」

「お前、その探索方と何か取引したんじゃねえだろうな」

「まさか。そんなことをしたら、ここに戻って来やしねえよ」

「いや、俺が探索方だったら、石船を押さえるためにお前を戻す」

頭目が冷たい目で言う。

「庄助、やはりお前と真なべ屋の娘には死んでもらう」

「この娘に罪はねえ！」

「今更、善人になろうってのか。お前ほどの悪《わる》がちゃんちゃらおかしいぜ。そういえば岡引を殺そうという段になっても、お前は最後まで反対していたな。俺に取りすがって『堪忍して下さい』とまで言っていた」

「どんな時だって、殺しはいけねえ」

「馬鹿言ってんな。今更、『殺しはいけねえ』だと！」

頭目が高笑いしながら背後に指図する。

「やっちまえ」

桟橋に上がった男たちは手に手に匕首《あいくち》を持ち、ゆっくりと迫ってくる。

「なあ、よせよ。ここまでうまくやってきた仲間じゃねえか」

「お前は仲間じゃねえ」

「俺を殺せば、もう御影石を横流しできないぜ」

「そんなことは分かっている。岡引を殺した時点で、この仕事はもういけねえ。しかも探索方が島に入ったとなれば、此度の仕事を限りに足を洗った方がよさそうだ」

「いや、まだまだ上質の御影石は手に入るぞ」

「もういいと言ったろう。やっちまえ！」

先頭の男が匕首を手にして庄助に襲い掛かる。庄助はとっさにその手首を摑み、格闘が始まった。その間に二人目の男が庄助たちの間をすり抜け、志鶴を捕まえた。

「やめて！」

目の前で白刃がきらめく。

――もうだめだわ。

だがその若い男は、志鶴を刺せずに躊躇している。

――あの時の男だわ。

それは志鶴が跡をつけた若い男だった。

「何をやっている！」

頭目の怒号に驚いたかのように、若い男が白刃を振りかざす。

「よせ！」

その時、背後から庄助が若い男に組み付いた。

次の瞬間、庄助の口から血が溢れ出た。

「うっ、ぐぐっ――」

庄助と組み合っていた男が、背後から庄助を刺したのだ。

たまらず庄助が倒れる。

「ああ、庄助さん！」

ちょうど夜が明けてきたのか、水平線から顔を出した朝日が、庄助の横顔を橙色《だいだいいろ》に染める。

「よし、女も殺せ！」

頭目が命じた時だった。

人の喚き声と呼笛《よびぶえ》の高らかな音がしたかと思うと、続いて捕方らしき恰好をした男たちが走り寄ってきた。その先頭を走るのは、言うまでもなく佐吉だ。

若い男がそれに気を取られた隙に、志鶴は若い男の手を振り解《ほど》き、その肩を思いきり押した。

「うわっ！」という声を上げながら、若い男が桟橋から転落する。

「しまった。捕方だ。逃げろ！」

男たちが蜘蛛の子を散らすように逃げていく。だが見通しのよい浜なので逃げようもない。次々と男たちは捕まっていった。

「この野郎！」

頭目らしき男も佐吉に一発で殴り倒されると、瞬く間に縄掛けされていった。

「志鶴ちゃん、無事か！」

「親分――」

突然、恐怖が込み上げてきた。志鶴は佐吉の胸に飛び込んだ。

「もう大丈夫だ。心配は要らねえ」

佐吉の胸は岩のようにごつごつしており、はだけた胸の剛毛が顔にちくちくした。それでも顔を押し付けていると、なぜか安心感に満たされる。

「庄助、下手人はお前だったんだな」

「どうしてここに――」

血溜まりの中で虫の息の庄助が問う。

「志鶴ちゃんの伝言を渡されたんだ」

「小僧からか」

「そうだ。番所にお前はおらず、小僧が一人座っていた。それで小僧から話を聞いて追ってきたんだ」

「だからといって、どうしてここが分かった」

「俺もぼんくらじゃねえ。一日中、ツタウルシの生える場所を尋ね歩き、千ノ浜の辺りにしか生えていないと聞いたんで、だいたいの見当をつけてきたのさ」

「そうだったのか。さすがだな」

「当たり前だ。この野郎、俺の弟をよくも殺しやがったな！」

佐吉が庄助を足蹴にしようとする。

「待って下さい」

志鶴が佐吉を制する。

「庄助さんが一味なのは間違いありません。でも庄助さんは、弥五郎さんを最後まで助けようとしたんです」

「こいつが口から出まかせで、そんなことを言ったんだろう」

「いいえ。それを言ったのはあの男です」

志鶴が指さす先には、縄掛けされて連れていかれる頭目の姿があった。

「そうだったのか。でも一味は一味だ。蹴るのは勘弁してやるが、もうお前は手遅れだ。ここで苦しみながら死んでいけ！」

「そんな死に方が――」と言って咳き込むと、庄助は続けた。

「俺には似合っている。あの時、あんたは俺を救ってくれたのにな。命を無駄にしちまった」

「何を言ってやがる」

意識が混濁してきているのか、庄助には、志鶴の隣に立つ佐吉が志鶴の父親に見えているらしい。

「もういいんだ。あの時に死んだと思えば、ここまで生きてこられただけで十分だ。ただ死ぬ前に、助けてくれた礼をあんたに言いたかった」

「俺がお前を助けただと。何を言ってやがる」

志鶴が佐吉の袖を押さえる。

「親分、その理由は後で話します。だから話を聞いて上げて」

「分かったよ」と言いながら、佐吉がしゃがむ。

「あ、あの時はありがとうございました」

「分かったよ。しっかり成仏するんだぞ」

その言葉にうなずいた庄助は、大量の血を吐いた後、息を引き取った。

「志鶴ちゃん、危うい目に遭わせちまって、すまなかったな」

「いえ、わたしがいけないんです」

「もういい。終わったことだ。志鶴ちゃんが無事なだけで俺は――、俺はうれしい」

佐吉が反対側を向く。おそらく涙を見られたくないのだろう。

――おとっつぁん。

志鶴は佐吉の後ろ姿に父を重ね合わせていた。

六

三月三日の夜、北木島では「流し雛《びな》」という神事が行われる。これは淡島明神信仰に基づくもので、麦藁で作った「空船《うつろぶね》」に、桃の花や餅と共に紙で作った雛を乗せて海へ流すと、その年は無病息災でいられるという厄除け行事だ。

『源氏物語』須磨の巻で、光源氏がお祓《はら》いした人形《ひとかた》を船に乗せて須磨の海へ流すというくだりがあり、それにちなんだものだという。

志鶴も佐吉と連れ立って「流し雛」を見に大浦まで行った。というのも「流し雛」の夜には、島に住む子の大半が大浦に集まると聞いたからだ。志鶴は、言伝《ことづて》を頼んだあの男の子に一言でも礼が言いたかった。

「親分、あの男の子は、なぜ番所に残っていたんですか」

志鶴の問いに、佐吉が首をかしげながら答える。

「ああ、そのことか。俺が番所に戻ると、小僧が一人、座っていやがった。何をしているか問うと、小僧が一分銀を示し、『餅菓子を買って帰りたいので両替してくれ』と言うんだ。俺は『そんなことは店でやってもらえ』と言うと、餅屋の親父は小僧が金勘定できないことを知っていて、いつも誤魔化すんだとさ。それで一緒に店に行こうとしたが、一分銀で志鶴ちゃんのことを思い出した。小僧に『なぜ、それを持っている』と聞くと、顚末を話してくれたってわけだ」

「それで追ってきたんですね」

「ああ、小僧は庄助に伝言を話したそうだが、庄助は書置一つ残さず、志鶴ちゃんを探しに行った。それで俺もピンときたってわけだ」

「つまり庄助さんが一味だと――」

「そういうことだ。でも慌てて駆け出したんで、小僧のことを置き去りにしてきた。せっかくの恩人に悪いことしちまった」

あの子と一緒に餅屋に行けなかったことを佐吉は悔やみ、懐に小銭をたくさん入れてきていた。

「そうだったんですね」

「うん、だからあの小僧を見つけて礼が言いたいんだ」

藁で作られた船には行燈《あんどん》が載せられており、頼りない灯火が波に揺られて沖へ沖へと流されていく。その様は喩《たと》えようもなく美しかった。

それぞれの作った「空船」がどれだけ沖へと流されていくかで、皆は一喜一憂している。随分と手前で、うねりによって横倒しにされるものもあれば、灯りが見えなくなるまで沖へ沖へと去っていくものもある。

それを見ていると、「空船」が人の一生のように思えてきた。

——長い短いにかかわらず、皆、懸命に生きている。

だからこそ、何事も待っていてはだめなのだ。

「あの子はいないようだな」

佐吉が呟く。

「いいえ、きっと来ていますよ」

そうは言ってみたものの、多くの子らが遊ぶ中に、あの子の姿は見つけられない。

「具合でも悪くなったのかもしれない。もう帰ろう」

「そうですね」

二人が、あきらめて帰ろうとした時だった。

——いた。

雑踏の中で、あの子が藁船を持って微笑んでいた。

「親分、あの子がいたわ」

「えっ、どこに」

「あそこですよ。ほんの十間（約十八メートル）ほど先じゃないですか。あれが見えないんですか」

「ああ、こう人が多くちゃ、分からねえな」

「もう、しょうがないんだから」

そう言い残すと、志鶴は笑みを浮かべてあの子に近づいていった。

距離が三間（約五・四メートル）ほどに近づいた時、数人の子供が前を横切った。

一瞬、あの子の姿が見えなくなる。

子供たちが通り過ぎ、志鶴が礼を言おうと口を開けた時だった。

目の前にいたはずのあの子は消えていた。

――あっ、いったいどこに。

隠れる場所とてない浜辺なのだ。あの子がどこに消えたのか、見当もつかない。

志鶴が男の子の立っていた場所に着くと、そこにあの子の持っていた藁船が置かれていた。その藁船は汀《みぎわ》で波に揺れ、今にも沖に向かって漕ぎ出そうとしている。

――あの子は、この世の者ではないのかもしれない。

そんな思いが、ふと浮かんだ。

――きっと天がわたしを憐れんで、あの子を遣《つか》わしてくれたんだわ。

「ありがとう」

暗闇に向かって一礼した志鶴は、あの子の「空船」を沖に向けて押しやった。

いくつもの「空船」が沖へ沖へと流されていく中、あの子の「空船」の灯火は、いつまでも見えていた。

迎え船

一

笠岡には多くの伝承がある。その中でも町年寄の佐吉親分から聞いた「迎え船」という話は、印象深いものだった。

その昔、笠岡に住む若い漁師の夫婦がいた。二人は慎ましいながらも仲睦まじく暮らしていた。

ある日、夫が漁に出ている最中、突然の大嵐となり、多くの漁船が帰らなかった。その中には夫の乗る船もあった。

妻はほかの女房たちと一緒に古城山に立ち、はるか沖を眺めつつ、夫の帰りを待ち続けた。しかし、いつまで経っても夫の乗る船は戻らない。

誰もが夫の生存をあきらめ、一人去り二人去り、最後にはその若い妻だけが残されたが、それでも妻は毎日古城山に立ち、夫の帰りを待ち続けた。それが半年となり一年となっても、妻は古城山から沖を見つめ、帰るはずのない夫の船を待っていたという。

笠岡の住人たちは、「可哀想に。気がふれたんだ」と言っては気の毒そうに妻のことを眺めていたが、ある日突然、妻が古城山から姿を消した。

住人たちは妻を探したが見つからなかった。だが一人の童子《わっぱ》が、妻の行方を目撃していた。それによると、童子が古城山で遊んでいると、水平線が突如として明るくなり、何かが空を飛んできた。それは船の形をしており、中空に止まった。息をのんで見ていると、一人の男が舳《へさき》に立ち、手招きしている。

それを見た妻が、「あんた、迎えに来てくれたんだね」と言うと、光の階段が渡された。妻がそれを上って船に乗ると、船は再び明るく輝き、水平線の彼方へと消え去ったという。


佐吉が、自慢の鉈豆煙管《なたまめギセル》の灰を土間に落としつつ言う。

「ということだ。これから古城山に行く時は気をつけるんだぜ。志鶴ちゃんのような器量よしは、迎え船に連れていかれちまうかもしれねえからな」

佐吉が脅かすように言う。

「親分、よして下さいよ。志鶴が怯えます」

「おかみさん、わたしはもう十九ですよ。それに佐吉親分の話ですもん」

「こらっ！」

佐吉が志鶴の頭を叩く真似をしたので、三人は声を上げて笑った。

「おっと、長居しちまったな。では、そろそろ行くか」

佐吉は立ち上がると、真顔になった。

「いろいろ物騒な世になってきた。戸締りはきちんとしておけよ」

「物騒って、どういうことですか」

伊都が心配そうに問う。

「何だ。知らねえのか。何日か前のことだが、都で大きな戦があったんだ。お上と長州が戦い、お上が勝ったのさ」

「えっ、そうなんですか」

戦があったことなど、志鶴は全く知らなかった。

伊都がため息をつきながら言う。

「最近はお客さんもめっきり減って、そうした話も入ってこないんですよ。わたしたちは、風聞だけが頼りですからね」

「昔のおかみさんの口癖は、『猫の手も借りたい』だったのにな」

「そうなんですよ。今は、わたしと志鶴で十分に手が足りています」

「そういえば、辰三とお半の姿が見えないな」

辰三と半とは、住み込みで働いている老夫婦のことだ。

「いえね、辰三の足腰が弱ってきて、足の動くうちに故郷を見ておきたいと言うので、休みを取らせたんです」

「ああ、それは都合がいい。当分は田舎にいた方が無難だ。港町にはいつ何時、長州の落ち武者がやってこないとも限らねえからな」

「そんな恐ろしいことを言わないで下さいよ」と手でぶつ真似をしながら、伊都は台所の方に去っていった。

「佐吉親分は、これから夜番ですか」

「いや、今日は番屋総出でお代官様の手伝いだ。落ちてくる長州藩士を捕まえるために、街道に臨時の番所を設けて人改めするんだと」

佐吉が裾を端折《はしょ》って足早に出ていった。その姿を見送っていると、伊都が奥から声を掛けてきた。

「志鶴ちゃん、そろそろ便船が来るわ。お客さんを引きに行ってね」

「引きに行く」とは、便船に乗ってくる客を宿に誘うことだ。

「はい」と答えた志鶴は、着替えをしに自室に戻った。客引きの時は上物を着ていくように言われているからだ。

志鶴は最近、古着市で買った洒落《しゃれ》柿《がき》（柿色を洗い晒したような淡い柿色）の地に薄青の小さな菱形を連続させた菱紋の着物に着替えた。襟は流行の黒なので、帯と襦袢《じゅばん》を濃紺にすれば、実際の年齢よりも五つは上に見える。

丘の中腹にある真なべ屋から急な坂を南に下ると、伏越の町に出る。笠岡唯一の歓楽街の伏越は、北東の応神山と南西の古城山に挟まれた隘路《あいろ》にできた町で、そこには一足早く夜の帳が下り始めていた。

志鶴が紅燈の間を縫うようにして港に向かっていると、粋な投げ島田を結った遊女たちが、女郎屋の二階から「志鶴ちゃん、女が要るならうちに連れてきてよ」と声を掛けてくる。それにいちいち「はい」と返事をしながら、志鶴は港に向かった。

ところが今夕に着いた便船はすいており、真なべ屋に宿泊することになったのは、馴染みの行商の老人と中年の六部《ろくぶ》だけだった。

六部とは、写経した法華経を持って全国六十六カ所の霊場に一部ずつ奉納して回る巡礼僧のことだが、いつしか何かの堂宇を立てるために寄進を募るべく、仏像の入った笈《おい》を背負って鉦《かね》や鈴《りん》を鳴らし、喜捨《きしゃ》を乞いながら旅する者を指すようになった。六部は修《しゅ》験《げん》や托鉢僧のように出家しなくてもいいので、誰でも手軽になれる。

この六部は行商の老人と船中で仲よくなり、その話を聞いて、真なべ屋に泊まることにしたという。

宿に戻った志鶴が「お客さんは二人だけです」と告げると、伊都は「今のご時世、二人だけでもありがたいね」と言い、台所に祀《まつ》られた神棚に手を合わせた。

かくして、いつもと変わらぬ元治《げんじ》元年(一八六四)七月二十四日の夜が更けていった。

ぐっすりと眠っていた志鶴は、伊都に体を揺すられて目を覚ました。

「あっ、どうしたんですか」

半身を起こすと、まだ外は暗い。

「誰かが戸を叩くんだよ」

耳を澄ませると、戸を叩く音と「急病人です。開けて下さい」という男の声がする。

「どうしますか」

「怖いね」

「でも、本当に急病人だったら――」

「よしとくれよ。ほかにも行くところはあるはずなのに、なんでうちなんかに来たんだろう」

「常連さんかもしれませんよ」

「そうだね」

しばし考えた後、伊都は意を決したように立ち上がると、上掛けを羽織った。

「一緒に来てくれるかい」

「もちろんです」

二人が身を寄せ合うようにして戸口近くまで行くと、足音に気づいたのか、声があらたまった。

「すみません。旅の商人ですが、相方が急に苦しみ出したんです。ほかに頼るところもないので、泊めていただけませんか。もちろん銭はあります」

その言葉づかいから、悪い人間ではなさそうだ。

心張棒に手を掛けようとする志鶴の袖を、伊都が引く。

「よしなよ」

「お願いします。このままでは、相方が死んでしまいます」

外からは、うめき声のようなものまで聞こえてくる。

伊都が意を決したように声を掛けた。

「夜が更けてからのお客様はお断りしています。近くに番屋があり、夜番がおりますから、まずはそちらを頼って下さい」

「もう、そちらには回ったんですが、誰もいないんです。どうかお願いします」

志鶴は佐吉の言っていたことを思い出し、伊都に伝えた。

「今夜はみんな出払っているんだったね。それなら仕方ないね」

伊都は一瞬、躊躇したが、思いきって心張棒を外して戸を開けた。

次の瞬間、黒い影が飛び込んでくると、伊都を背後から抱きとめた。

「何をするの！」

「あっ」と思う間もなく、別の影が走り込み、立ちすくむ志鶴を羽交い締めにする。

恐怖から言葉も出ない。

「客はいるのか」

「は、はい。二階に二人ほど」

伊都がかろうじて答える。

「よし、行け」

「でも――」

後から入ってきた者たちが二階に駆け上る。

「どうか、お客さんに手荒なことはしないで」

伊都が哀願しても、答えはない。

しばらくすると、二階で怒鳴り合う声がし、ばたばたと走り回る音が聞こえた。

――ああ、どうしよう。

志鶴を羽交い締めにしている男は、両刀を帯びているらしい。その柄《つか》が体に当たるので、武士だと分かる。

――お侍がなぜこんなことを。

わけが分からないうちに、上も静かになった。

「うちは貧しい宿屋です。ろくなものはありません。蓄えも両替商に預けているので――」

「静かにしていろ」

伊都の声を賊が遮る。

「さあ、下に来るんだ！」

「放せ、この野郎！」

二階で罵り合いが聞こえたかと思うと、客の二人が階段を下ろされてきた。

伊都と志鶴が羽交い締めにされているのを見た老人が、目を剝いて怒る。

「あっ、この野郎、おかみさんたちに手荒なことをするんじゃねえ！」

「静かにしろ！」

賊の一人が老人に当て身をくらわせる。

「い、いてえ……」

老人がぐったりする。

「ああ、お客さんに何てことを——。大人しくしますから乱暴はやめて下さい！」

伊都の悲痛な声が志鶴の恐怖心を煽る。

老人に続いて連れてこられた六部の方は、青ざめた顔で静かにしている。何を小声で呟いているのかと思ったら念仏のようだ。

二人は入ってすぐの居間の隅に座らされると縄掛けされ、猿轡《さるぐつわ》を噛まされた。

「女も縛れ」

伊都を抱きとめていた若い武士が、もう一人に命じる。

「すまぬ。しばし辛抱してくれ」

もう一人の武士は謝罪すると、手早く志鶴を縛った。

「痛くないか」

武士の顔を見ながら志鶴がうなずく。暗闇なので顔全体は見えないが、その瞳は澄んでいた。

「よし、灯を入れろ」

賊の一人が行燈《あんどん》に火を入れると、その場が明るくなり、状況が分かってきた。

「あっ、おかみさん！」

その時、土間に座らされた伊都がぐったりしているのに気づいた。

「心配要らないよ。少し驚いたので、心の臓が――」

そう言うと、伊都は再び俯いてしまった。

「お願いです。おかみさんを介抱させて。おかみさんは具合が悪いんです」

その声を無視して若い武士が言った。

「女も居間に上げろ」

足軽に縄を取られた伊都と志鶴は、老人と六部の隣に座らされた。

「よし、外に行って皆を呼んでこい」

――まだ人がいるの。

この集団が何を目的にして押し入ってきたのか、志鶴には見当もつかない。

やがて外に呼びに行った足軽を先頭にして、篗輿《あおだ》（担架）を持った二人が入ってきた。その背後にもう一人いるので、賊は七人になった。

篗輿に乗せられている一人は深手を負っているらしく、苦しげにうめいている。大腿部から出血しているのか、乱雑に巻かれた白布が真っ赤に染まっている。

「兄上、いましばらくの辛抱です」

そう語り掛けた若い武士は、「水を運べ」「湯を沸かせ」などと指図するが、勝手が分からないので、足軽たちは右往左往している。

「仕方がない。娘の縄を解け」

若い武士に命じられ、足軽が志鶴の縄を解いた。

「おかみさん！」

志鶴が傍らでぐったりする伊都を介抱しようとすると、すぐに引き剝がされた。

「志鶴ちゃん、わたしのことは心配しないで。この人たちの言うことを素直に聞くんだよ」

「は、はい」

肩を押されるようにして土間に下りた志鶴は、若い武士の前に引き据えられた。

「縄を解いたからといって、われらを甘く見るなよ。そなたが逃げれば、助けが来る前に三人を殺す」

「わたしは逃げません」

「それならよい。井戸に此奴《こやつ》らを案内しろ」

足軽の三人は、すでに手桶を持って待っている。

その時、居間から伊都の声がした。

「あんたら人の家に勝手に上がり込み、事情も素性も言わないのかい！」

「分かった。われらは――」

若い武士が一拍置くと言った。

「長州藩士だ」

――いったい、どういうこと。

志鶴には、何が起こっているのか見当もつかなかった。

二

「見ての通り、われらは敗軍だ」

若い武士が無念をあらわに言う。

「今は京から長州に戻る途次にある。夜陰に紛れて逃がれてきたが、倉敷で見つかり、一人が鉄砲で撃たれた」

駕輿に乗せられてきた武士は、すでに大量の出血をしているためか、顔は青ざめ、唇は紫色になっていた。

「しばらくの間、ここにいさせてもらう」

「しばらくったって、いつまでだい。こっちも商売だ。いつまでもいられては困るんだよ！」

伊都が食って掛かる。

賊でないと分かったことで、伊都は強気になっていた。

「怪我人の血が止まり、動かせるようになるまでだ」

「よしとくれよ。うちらには関係ないことだ。巻き込まないでおくれよ」

どすの利いた伊都の声に気圧《けお》されたのか、若い武士が黙ってしまう。

「総次郎《そうじろう》」

その時、すでに布団に移された武士が声を絞り出した。落ち着いた声で、それだけで負傷者が一廉《ひとかど》の人物だと分かる。

「その者の言う通りだ。民に迷惑を掛けてはならぬ。わたしはここで自裁するので、皆はいち早く帰郷しろ」

「兄上、何を仰せですか。傷は浅いのです。血が止まれば共に帰れます」

「いや、たとえ血が止まっても、この足では国元まで帰り着けまい。ここで腹を切るので、わたしの刀を返せ」

伊都が言葉を挟む。

「ここで腹なんざ切らないでおくれよ。切るなら外でやってくれ！」

それを無視して、総次郎と呼ばれた若者が兄らしき武士に語り掛ける。

「松陰先生亡き今、兄上は維新回天《かいてん》の業に必要な人なのです。何としても国元に連れ帰らねばなりません」

「いや、此度の一挙は、わたしにも責任がある。皆が討ち死にを遂げたにもかかわらず、わたしだけが、おめおめ国元へ帰ることなどできぬ」

「しかし兄上――」

その時、「待て、総次郎」と言いつつ、背後にいたあばた面《づら》の武士が総次郎の肩を摑んだ。総次郎と呼ばれた若い武士と同年代だが、少し落ち着いている。

「先生が仰せになる通り、血が止まっても先生は歩けぬ。だとすれば駕輿に乗せていかねばならない。途中、広島藩領を通過せねばならず、見つかれば到底、逃げおおせぬ」

「では、そなたは兄上を見捨てると言うのか」

「そうではない。先生をここに預け、足軽を先に行かせて国元にこのことを知らせ、船でここまで迎えに来てもらえばよいではないか」

「そうか。それは妙案かもしれぬ」

総次郎が少し考えた末に言った。

「それなら皆で向かってくれ。ここには兄上とわたしだけが残る」

「何を申すか。われらも先生と――」

あばた面の武士が反論しようとするのを総次郎が制する。

「ここから長州藩領は遠い。しかも途次にある広島藩は佐幕派だ。広島藩領を通り、全員が国元に帰り着けるとは限らぬ。それなら皆で行った方がよい」

その場にいた者たちが「それもそうだな」と言ってうなずくと、あばた面の武士が真剣な眼差しで総次郎に問うた。

「そなたはそれでよいのか」

「ああ、構わぬ。わたしはここで兄上の世話をするので、国元に帰り着いた者は藩庁に掛け合い、笠岡まで迎え船を出してもらってくれ」

「だが、ここの港にも役人がいるはずだ。長州藩の船と分かれば足止め（拿捕《だほ》）されてしまう」

「赤間関《あかまがせき》の白石《しらいし》殿に頼み、商い船を出してもらってくれ」

　赤間関の豪商・白石正一郎《しょういちろう》は尊王攘夷運動のよき理解者で、長州藩の御用商人として手広く商売を営んでいる。

「白石殿の船とて同じことだ。笠岡に入港したとたんに足止めされる」

「では、どうする」

　あばた面の武士が答える。

「どこかの船と偽るしかないだろう」

「偽るのはよいが、われらが船を識別できねば、駆け込めぬではないか」

「ここに迎えに来させる」

「そんなことをすれば、港を張っている役人に見つかる」

「では、どうすればよい」

　その時、先生と呼ばれた男が言った。

「合図旗だ」

「今、何と――」

「前もって示し合わせた合図旗を、帆柱に掲げればよい」

「そうだ。前もって合図旗を決めておけば、それを確かめてから船に向かえる」

　総次郎が膝を打つ。

「兄上、では合図旗は何にしますか」

「そうだな」

苦しげな顔で考えた末、先生が答える。

「すぐに用意できるのは替紋《かえもん》だ」

替紋とは何らかの事情があって定紋《じょうもん》が使えない時、定紋に替えて用いる紋のことだ。毛利《もうり》氏の場合、定紋は将軍星と呼ばれる三星紋《みつぼしもん》の上部に一文字《いちもんじ》を描いたものだが、いくつかの替紋がある。

「では、抱《だ》き沢瀉《おもだか》にしましょう」

「だめだ。それは知られている」

「しかしほかには、すぐに使える紋旗などありませぬ」

「城の蔵には、分家の佐伯《さえき》毛利家の『丸《まる》に矢筈《やはず》』の紋旗があるはずだ。それなら珍しいので、どこの船だか役人も分からぬ」

「分かりました。それを合図旗にしましょう」

先生を取り囲む形で、武士たちがうなずき合う。

「皆は明朝、ここを出て国元に向かってくれ。そして何としても迎え船を出してくれ」

総次郎が頭を下げる。

「承知した」

「必ず船を出す。待っていてくれ」

皆が口々に言う。

それを聞いて安堵した総次郎が、井戸から戻ってきた志鶴を見据える。

「飯を作ってくれないか。金は払う」

総次郎は懐から三両を取り出して縁に置いた。

「少し厄介になるかもしれないので、多めに置いておく」

伊都の目が三両に釘付けになる。

「すまぬが、何か着替えはないか」

「お客さんが置いていったものなら、ないこともありませんけど」

「では、用意しておいてくれ」

それだけ言うと、総次郎は先生の太腿に強く巻かれた白布を解き始めた。

「湯は沸いたのか。白布はどうした」

「はい。用意ができています」

志鶴が恐る恐る言う。

「兄上の太腿には、銃弾がまだある。それを取り除いて傷口をふさぐ」

先生と呼ばれている男は苦しげにうめき声をあげている。それが六部の呟く念仏と重なり合い、真なべ屋の中は沈鬱な空気に包まれていた。

皆が支度に散ると、伊都が言った。

「ちょっと、あんた。わたしも手伝うから縄を解いてよ」

総次郎は一瞬ためらったが、伊都の縄を解いた。

「逃げたら客を殺す」

「分かっているわよ。志鶴ちゃんには台所仕事を任せる。わたしは治療を手伝う」

そう言うと、伊都は二階に上がっていった。それを足軽の一人が追う。

沸いた湯を足軽が居間に運び込むと、伊都も二階から戻り、古い敷布をいくつにも嚙み切った。

「兄上、これから銃弾を抜き取りますので、猿轡を嚙ませます」

「ああ、そうしてくれ」

先生に猿轡を嚙ませると、総次郎は脇差を抜いて熱湯に浸した。

「では――」

それからの修羅場を、志鶴は恐ろしくて見ていられなかった。そのため台所に立ち、人数分の食事を作ることに集中した。

居間からは先生のくぐもったうめき声と、総次郎の「兄上、辛抱して下さい」という声が交錯する。伊都も「しっかり」と言いながら、総次郎を手伝っている。

ようやく銃弾は取り出されたが、出血を止めるために傷口を焼かねばならない。

「兄上、堪《こら》えて下さい」

先生のうめき声が高まると、肉の焦げる臭いが漂ってきた。

やがて、すべては終わった。先生は気を失ったらしいが、どうやら止血はうまくいったようだ。

「皆、夜明けは近い。寝ている暇はない。飯を食べたら行ってくれ」

総次郎の言葉に、伊都が付け加える。

「着替えは上に用意しておきました。まずは着替えてきて下さい」

「すまぬ」

総次郎の指示により、先発する足軽たちから二階に上がっていった。

志鶴が台所で菜を切っていると、総次郎とあばた面の武士がやってきた。それを見た志鶴は見て見ぬふりをして仕事に没頭した。

二人は裏口に行くと、小声で話し始めた。

「足軽を斬るだと」

総次郎が声を上げると、あばた面が「しっ」と言ってたしなめた。

志鶴はどきりとしたが、聞こえないふりをして仕事の手を休めないようにした。志鶴は幼い頃から耳がよく、かなり離れていても、人の話がよく聞こえる。

「足軽は性根《しょうね》が据わっておらぬゆえ、捕まって拷問を受ければ必ず口を割る」

「しかし――」

「ここにいることが広島藩に伝われば踏み込まれる。先生が敵に捕まってもいいのか」

「いや、だからと言って――」

「二階から下りてきたところをばっさりやろう」

志鶴は背筋が寒くなった。

「だめだ。わたしは足軽たちを信じたい」

「よいのだな」

「構わぬ」

二人の会話はそれで終わった。

戻り際、あばた面が志鶴の肩越しに問うた。

「今の話は聞こえたか」

志鶴が首を左右に振ると、二人は居間に戻っていった。

志鶴が居間に食事を運ぶと、三人の足軽はすっかり町人姿になっていた。足軽の髷《まげ》は町人と区別がつきにくいので問題はないが、武士たちは笠をかぶるしかない。それでも来た時よりは、ましな恰好になった。

足軽が「では、お先に」などと言いながら次々と出ていく。それに目礼を返しながら、武士たちは立ったまま食事を取っている。それが終わると、一人ずつ総次郎と先生に挨拶を交わしてから出ていった。

最後になったあばた面が、涙を堪えるように言う。

「必ず迎えを出す」

「ああ、頼んだぞ」

名残惜しげに肩を叩き合うと、二人は別れた。

あばた面が朝靄の中に消えるや、総次郎は戸を閉めて心張棒をかった。

三

「これでよい」

一つため息をつくと、総次郎が言った。

「二人とも休んでくれ」

「お客さんの縄を解いていただけませんか」

伊都の言葉にうなずいた総次郎は、客二人の縄を解いて猿轡を外した。

「厠《かわや》に行かせてくれ」

行商の老人が開口一番言った。

「よし、行け。ただし逃げたら女の命はないぞ」

「分かってらあ」

老人が六部を伴い、裏手の厠に去っていく。

総次郎は皆を逃がして気が抜けたのか、何事にも寛容になっていた。

伊都も同じことを考えていたのか、優しい声音で言う。

「お武家さんも行ってきたら」

「ああ、そうだな」

総次郎が二人の跡を追う。それを見届けた伊都が小声で囁いた。

「志鶴ちゃん、あんた逃げなよ」

「えっ、おかみさんは――」

「わたしまで逃げたら、お客さんが斬られちまうよ」

「でも――」

「番屋に行き、佐吉さんに、このことを伝えるんだ」

「そんなことしたら、おかみさんたちは――」

「いいかい」

伊都が志鶴の肩を摑む。

「どのみち長州から迎え船なんて来ないさ。そのうち、あの若いお侍も絶望する。そうなれば自暴自棄になり、道連れにされるかもしれない」

だが志鶴には、総次郎がそんなことをするようには見えなかった。

「いいえ、わたしはここに残ります」

「あんたも聞き分けが悪いね」

そこに総次郎が戻ってきた。

「何を話していた」

「内輪のことだよ」

「逃げる算段をしていたんじゃないだろうな」

「そんなことしないよ。この子はもうすぐ嫁に行くんだ。だからあんたに頼んで、この子だけでも逃がしてもらえないかと思ってね。そのことを告げると言い聞かせていたんだよ」

総次郎が唖然として志鶴の顔を見る。

「あんただって、国元に帰れば嫁さんがいるんだろう」

「わたしは志士だ。そんな者はおらぬ」

「でも好いた人は、いるんじゃないのかい」

「知らん」と言って、総次郎が横を向く。

「あんたのことは、どうでもいいさ。でもね、せっかく整った縁談なんだ。こんなところに押し込められていたっていうだけで嫌な噂も立つ。それで破談になったら、どうしてくれるんだい」

「えっ、なぜ破談になる」

「当たり前だろ。男七人に押し込められて、これだけの器量の娘の身に、何も起こらないはずがないじゃないか」

総次郎が憤然とする。

「われらは長州藩士だ。狼藉《ろうぜき》など働かぬ」

「何を言っているんだい。人の家に勝手に上がり込み、お客さんを縛り上げ、狼藉を働かぬとは聞いてあきれるよ」

総次郎は居間と土間の間の縁に座り込み、頭に手をやり、しきりに何かを考えている。

「この子はね、とても気立てがよくて優しい子なんだ。わたしが口を割らないように言い聞かせれば、素直に従うよ。何なら旅支度をさせて生まれ故郷に帰してもいい」

「そなたの娘ではないのか」

「そうだよ。大切な預かり物さ。この子にもしものことがあったら、わたしも首をくくらなければならないんだよ」

伊都の思いはわかるが、志鶴は一人でここから出る気はなかった。

「待って下さい。わたしはここに残ります」

「何を言っているんだい。あんたは――」

「いいんです。お客さんより先に、ここを出ることはできません」

「たいした娘じゃねえか」

行商の老人が感心したように言う。

「そなたは黙っていろ」

「はい、はい」

その時、隣の間から先生のうめき声が聞こえた。

総次郎は隣室に駆け込むと、すぐに出てきた。

「すごい熱だ。すぐに熱を下げねばならぬ。薬はないか」

「志鶴ちゃん、薬箱を持ってきて」

「はい」と答えて二階に駆け上がった志鶴が、薬箱を持ってくる。

だが解熱剤はない。熱を下げるのは「地竜《じりゅう》」や「石膏《せっこう》」という漢方だが、高価なので常備はしていない。

「兄上、しっかりして下さい！」

総次郎が懸命に呼び掛ける。

「志鶴ちゃん、井戸水を汲んできて」

「待ちな。それは、わしらがやる」

老人と六部が立ち上がる。

「すまない」

いつの間にか五人は、力を合わせて先生の世話をするようになった。

この日は便船が入ることもないので、何事もなく過ぎていった。ただ皆の食事は作らねばならない。そこで志鶴は一人で浜の市まで行き、新鮮な魚や野菜を仕入れてきた。

翌朝、熱が下がった先生は意識を取り戻し、半身を起こして食事も取れるようになった。先生が快復したことで、伊都も志鶴もほっとした。それは皆も同じらしく、老人と六部も「よかった、よかった」と言っては喜んでいた。

何事もなくこの日も過ぎていくかと思われていた矢先、戸口を叩く音がした。

突然、皆の緊張が高まる。総次郎は先生と目配せすると戸口に向かい、先生は太刀を布団の中に隠して横になった。

「志鶴ちゃん、わたしの具合が悪いとか言って、うまくさばいておくれよ」

伊都が小声で呟く。

「分かりました」

志鶴が戸口まで行くと、再び戸を叩く音がした。

「どちらさんで」

「ああ、志鶴ちゃんか。俺だ」

「佐吉親分――」

「どうしたんだい。『休み』の札が出ているが」

「はい。おかみさんの具合が悪いんです」

「何だって」

佐吉の声音が変わる。

――しまった。親分は、おかみさんに懸想《けそう》しているんだ。

奥を見ると、伊都が手を払う仕草をしている。うまく追い払えというのだ。

「どんな具合なんだい」

「いえ、少し熱があって――」

「そいつはたいへんだ。すぐに医者を連れてくる」

「そこまでじゃないんです」

「そうは言っても、悪くなってからじゃ遅い」

「あっ、はい——」

志鶴が困っていると、背後から書付が回されてきた。それを一瞥《いちべつ》した志鶴が言う。

「どうやら月のものらしいんですが、今回はひどいらしくて——」

「そうだったのか。そいつは無粋《ぶすい》だったな。てことは、お客さんはいないんだね」

「はい。おとといの便船では拾えませんでした」

「えっ、そうなのかい。志鶴ちゃんが二人の客を連れていったと聞いたよ」

「ああ、そうでした。お客さんは今朝早く出ました」

「それならいいんだが、外に男物の草鞋《わらじ》が二つ干してあったんで、まだいるかと思ったよ」

——しまった。

「休み」の札を出す時に、晴れている日の習慣で、お客さんの草鞋を外に干しておいたのだ。

志鶴が何と答えようか困っていると、すぐに書付が回ってきた。

「お一人はお出掛けになられましたが、お一人はいらっしゃいます。二つの履物は、その方のものです」

「そうかい。随分とのんびりした客だね」

「は、はい」

「何をやっている人だい」

一瞬、商人と答えようとしたが、宿でゆっくりしている商人はいない。

「六部の方です。午後から出掛けるそうで――」

「ああ、六部か。それならのんびりしているのも分かる」

六部が寄進を募る相手は主に地域の寺になるので、急いで回ることもない。

「それでも、こんなにいい天気なんだ。布団ぐらい干したらどうだい」

「はい。お客様が出掛けたらやります」

「そうだな。それがよい」と言いつつ、佐吉が付け加える。

「福山で、長州藩の落ち武者が大立ち回りを演じた末に斬られたらしいんだ」

傍らにいる総次郎の顔色が変わる。

「この辺りにも、国元に落ちていく長州の連中がうようよしている。西国《さいごく》街道は警戒が厳重なので、海沿いを通ったり、船を使ったりして長州に落ちようとしているらしい」

西国街道は笠岡の北方を通っているので、笠岡は街道筋にはあたらない。だが多くの脇往還《わきおうかん》があるので、それを使えば警戒の目を潜り抜けて長州に落ちることはできる。

「分かりました。気をつけます」

「じゃ、またな」

ようやく佐吉が去っていった。

「行ったか」

外の様子をうかがっていた総次郎が、ため息を漏らす。

「今の様子では、親分はまた来ます。次は入れないわけにはいきません」

総次郎は何事か考えているようだ。

「船が着くのは、どんなに早くても明後日以降になる。それまで何とか誤魔化すしかない。何かよい方法はないものか」

志鶴は一瞬、迷ったが思いきって言った。

「この宿の裏に住み込みで働いている夫婦の家があります。今は故郷に帰っているので、誰もいません」

「そうか。それはいい。そこに隠れていよう」

「先ほど、わたしは親分に、お客さんが一人残っていると告げましたが――」

「そうだったな」

総次郎が顎に手を当てて考え込む。

「わたしが六部に化けよう」

それで態勢は決まった。辰三と半の家には、先生とお客二人が隠れ、宿には、総次郎、伊都、志鶴の三人が残ることになった。

行商と六部が先生に肩を貸して移っていくのを見届けた総次郎は、六部の残していった鼠木綿の着物に、同色の股引《ももひき》、手甲《てっこう》、脚絆《きやはん》を着けると、帯の前に鉦を付けた。

四

三日目の朝を迎えた。どんなに早くても、船が来るのは明日以降となる。総次郎によると、すでに大敗の一報は国元にも届いているはずで、落ちてくる者たちをいかに救い出すか、藩内でも談議を重ねているはずだという。しかし此度の上洛戦には、尊王攘夷派の大半が参加したので、藩政を佐幕派に握られると、救いの手は差し伸べられないかもしれないとのことだった。

「万が一、そうなれば助けは来ない」

「だとしたら、どうするのです」

総次郎に茶を淹れながら、志鶴が問う。

「どうするかな」

しばし中空を見つめて考えた末、総次郎が言った。

「兄上は、まだ一人では歩けない。すでに幕府の落ち武者狩りも始まっているに違いない。時ならずして、ここにも手が回る」

「では――」

「あと三日ほど待って迎え船が来なかったら、兄上と共に腹を切る」

「そ、そんな――」

「ここに迷惑は掛けない。裏山にでも登って始末をつける」

「そういうことではありません。なぜそんなに死に急ぐのですか」

武士がどうして死を厭わないのか、志鶴には不思議で仕方がない。

総次郎もうまく答えられないのか、しばらく考えてから言った。

「武士は——、いかに死ぬかで己の値打ちが決まる」

「だからといって死んでしまえば、おしまいじゃないですか」

「そうではない」

総次郎が言葉を選ぶように説明する。

「肥前《ひぜん》国佐賀藩には、『葉隠《はがくれ》』という武士の心得を記した書物がある。その中で『武士道と云ふは死ぬ事と見つけたり』という一節がある」

「武士道とは、そういうものなのですか」

「そうだ。武士とて人だ。死ぬことよりも生きることの方を好む。だからこそ常に死を考えていなければならぬ」

「どうしてですか」

「見事に死ぬことで、自らの歩んできた生を、さらに尊く美しいものにするためだ」

総次郎の言うことが、志鶴にはよく分からない。

「わたしには、お侍さんたちのお考えが分かりません」

「そうか。実は、わたしにもよく分からぬのだ」

その言葉に二人は声を上げて笑った。

「総次郎様は見栄を張ったりしないんですね」

「ああ、正直だけが取り柄だからな」

「武士の皆さんは、誰もが正直なんですか」

総次郎が首を左右に振る。

「そんなことはない。嘘をつく者もいれば、人を騙す者もいる」

「そうした人たちを見てきたんですね」

「ああ、そうさ。でもね――」

総次郎の面に笑みが広がる。

「騙すよりも騙される方がましさ。わたしはそういう生き方をしてきたし、これからもそうありたい」

「真直ぐな方なんですね」

「まあな」

総次郎が照れ臭そうに笑う。

そこに伊都がやってきた。

「二人で仲よさそうね」

「いや、そういうことではありません。志鶴さんには許嫁《いいなずけ》もおることですし――」

「そんな人はいませんよ」

「えっ」

「決まっているじゃない。あの時は、あんたたちが危険な連中かもしれないと思い、志鶴ちゃんだけでも逃してもらおうと思ったのよ」

「そうだったんですか」

総次郎が恥ずかしげに頭をかく。

「でも、どうやらそうではなかったようね」

「はい。ご迷惑をお掛けしてしまい申し訳ありません」

「どうしてあんたのような――」

伊都が口惜しげに言う。

「いい若者が、戦なんかに駆り出されるんだろうね」

「それは――」

総次郎が胸を張って言う。

「尊王攘夷の志を貫徹するためです」

「嘘おっしゃい。それはあんたの本心じゃない。あんたは先生たちの熱に煽られているだけ」

総次郎が黙り込む。おそらく本人も、それに気づいているのだ。

「あんたにはあんたの道がある。武士でございと肩肘張って道を行くより、皆に笑顔で挨拶しながら道を行く方が、よっぽど気分がいいもんだよ」

「おかみさん、もういいじゃないですか」

しょげてしまった総次郎を、志鶴が気遣ったその時だった。

「ごめんよ」と、外から声が掛かった。

三人が目配せする。志鶴は戸口に向かい、総次郎は朝餉の座に着く。伊都がその傍らに座して給仕する。

それを確かめた志鶴は思いきって声を出した。

「親分、おはようございます」

「志鶴ちゃん、今朝も閉め切っているのかい」

「今、開けるところでした」

そう言いながら志鶴が心張棒を外す。

「おはよう」と言いながら、佐吉が入ってきた。

「あら、佐吉親分、今朝は早いのね」

「ああ、おかみさんの顔が一刻も早く見たくてね」

「よして下さいよ」と言って、伊都が手でぶつ仕草をする。

「あっ、お客さん、これからお出掛けですか」

佐吉が総次郎に声を掛ける。

「いや、旅の疲れで具合が悪くなったので、今日は出掛けないかもしれません」

「そうでしたか。お大事に」

型通りの言葉を掛けた佐吉は、台所に向かった伊都の跡を追っていった。

「そっちの具合はどうだい」

「すっかりよくなりましたよ」

「そいつはよかった」

二人の声が居間まで聞こえてくる。

しばらくして台所から戻ると、佐吉は居間と土間の間の縁に腰掛けた。

「あれは、あんたの草鞋だったんだな」

佐吉は腰につるした煙草入れを外すと、鉈豆煙管を出して細刻みを詰め始める。

「草鞋ですか」

「そうさ。昨日、外に干してあったやつさ」

「ああ、あれですね。われわれは山道などを長く歩くこともあるので、一つ余計に持っているんです」

「そうかい。でもそうした時は、片方が新品のはずだろう」

佐吉の指摘は鋭い。

「足になじませるため、二つを交互に履いています」

「ふーん、旅の知恵ってやつだな」

「ええ、まあ」

「でも、大きさが少し違っていたような気がする」

佐吉が首をかしげながら紫煙を吐く。

「一つはもらいもんなんです」

その時、伊都が台所から戻ってくると、佐吉に茶碗を差し出した。

「何をお話しですか」

「草鞋の話だよ」

「あら、草鞋なんてどうでもいいじゃないですか」

「まあ、そうだがね」

伊都が佐吉に媚びるような眼差しを向ける。

「佐吉親分は、落ち武者狩りでお忙しいんじゃありませんか」

「そうなんだ。でも、おおかた捕まえたと聞いている」

その言葉にも一切の動揺を示さず、総次郎はたくあんをかじっている。

「福山で捕まえた奴は大立ち回りを演じたそうで、捕方を二人まで斬ったという。それでも最後はめった斬りにされて、あばた面の首を晒されているそうだ」

総次郎の咀嚼《そしやく》する音が止まる。

佐吉が総次郎の体をねめ回すように言う。

「あんたも寺を回る時は気をつけなよ。奴らが隠れているかもしれねえからな」

「ありがとうございます」

汁椀を置いた総次郎が頭を下げた。

「じゃ、俺はこれで行く。何かあったら知らせてくれよ」

伊都に親愛の情の籠もった目配せをすると、佐吉は浪曲の一節らしきものを口ずさみながら出ていった。

三人が同時にため息をつく。

しばらくしてから伊都が言った。

「こんなことじゃ、明日はごまかせないよ」

「それは分かりますが、もう少し辛抱して下さい」

「わたしらはいいけど、お客さんはどうするんだい。六部の方はどうにかなるだろうけど、行商の爺さんは日銭を稼がなければ干上がっちまうんだよ」

「分かっています。出ていく時には償《つぐな》います」

志鶴が心配そうに言う。

「総次郎様、どうやらお仲間の一人が殺されたようですね」

「ああ、そのようだ」

「国元まで逃げおおせた方は、いらっしゃるのでしょうか」

総次郎は何も答えない。むろん総次郎にも分からないからだ。

五

四日目の朝、船が来るとしたら最短でも今日からということもあり、夜明けと同時に、総次郎がそわそわし始めた。

まだ夜も明けやらぬうちに、合図旗の絵柄を描いて志鶴に押し付けた総次郎は、「船が入ったら港に見に行ってくれないか」と頼んできた。

一方、自分は二階に上がり、それらしい船を探していた。もちろん宿の二階から港を見回せても、合図旗までは視認できない。そのため船が入ってきたら、志鶴に港まで走ってもらわねばならない。

朝方に一艘の入港があったが、どこから見ても便船なのは明らかだった。それでも行ってくれと頼まれた志鶴は、魚の買い出しもあるので港まで行った。

昨日は港に行かなかったので、港で働く人たちから口々に心配されたが、とくに異変は感じていないようだった。

むろんその便船には、合図旗など翻っていなかった。

便船の客には旅人もいたが、もう一軒の旅宿の客引きに、「今日はおかみさんの具合が悪いので、そちらで引き受けて下さい」と頼んで事なきを得た。

その帰途、あさひ楼の前でたあちゃんに捕まった。たあちゃんは福山の一件を佐吉から聞いたと言い、「まさかうちには来ないと思うけど、おたくは気をつけなさいよ」と言って高笑いした。

志鶴はどきりとしたが、全く気づかれていないことに安堵した。

結局、この日に商船の出入りはなかった。

日がとっぷりと暮れると、総次郎は肩を落とした。迎え船など来ないのではないかという不安を、総次郎が抱き始めているのは明らかだった。それでも先生の傷が日に日によくなっていることが、心の支えになっているようだ。

その日の夕方、裏の家に三人分の食事を運んだ志鶴は、三人が話に興じているのを見て安堵した。先生と行商の老人は諸国を旅していたことで意気投合し、江戸や京の話に花を咲かせていた。

宿に戻ると食事の支度ができていた。いつもは台所の片隅で、おかみさんと代わる代わる夕餉を取るのだが、総次郎が「三人で一緒に食べよう」と言うので、猫足膳を居間に三つ並べることになった。

「こうして、お客さんのようにいただくのは、初めてかもしれない」

伊都が感慨深そうに言う。もちろん志鶴も初めてだ。

「いつもは大忙しなんだろう」

「昔は夕方になるとてんてこ舞いだったけど、最近はそうでもないのよ」

伊都が寂しそうに言うと、志鶴が付け加えた。

「ここの港に寄る船が減ったんです。それで、この宿に泊まっていくお客さんの数も減ってしまい――」

「そうだったのか。時局の流れと同じように、何事も変わらぬものなどないのだな」

伊都が総次郎を励ますように言う。

「そうですよ。潮目は必ず変わります。もちろん悪い方に変わるばかりでなく、よい方に変わることもあります」

「わたしもそう思いたい。だが国元には佐幕派の者たちもいる。かの者らが藩政を握ってしまえば、いくら待っても船は来ない」

総次郎が愁いを含んだ目を伏せる。

「船はきっと来ます」

志鶴の口をついて言葉が出た。

「どうして分かる」

「そんな気がするんです」

「そうだとよいのだが――」

伊都が総次郎の椀におかわりをよそいながら問う。

「総次郎さんは、国元に帰られたら何をなさるのです」

「回天の業を成し遂げるまで、戦い続けるだけだ」

「では、それが成った後はどうするのです」

「えっ」

総次郎は一瞬、箸を止めると思いきるように言った。

「わたしは西洋諸国を回ってみたい」

「へえ、異国に渡りたいんですか」

伊都が驚いたように問う。

「西洋の国のどこかに留学し、かの国の文物を学び、日本に持ち帰りたい。わたしは機械と呼ばれるものの仕組みに関心があるので、それを学び、日本でも造ってみたい」

「機械とは、からくり物のことですね」

志鶴が確かめる。

「そうだ。西洋諸国では、そんな機械をずらりと並べて織物を織っているという」

夢を語る総次郎の瞳は輝いていた。

「もしかすると、あちらに長く住み着いてしまうかもしれない」

「えっ、では、あちらでお嫁さんを――」

思わず問うてしまった志鶴に、伊都が笑いながら応じる。

「何を言うのかと思ったら、志鶴ちゃんは、そんなことを心配していたの」

「いえ、そういうことじゃありません」

志鶴が頰を赤らめると、総次郎も恥ずかしげに俯いた。

「若いっていいわね。二人で話をしていなさい」

そう言うと、伊都は片付けを始めた。

「わたしがやります」

「今日はいいの。総次郎さんの相手をしてあげて」

三人の猫足膳を台所に運び込んだ伊都は、椀などを洗い始めた。

伊都がいなくなると、とたんに二人の会話が弾まなくなる。その気まずい雰囲気を振り払うように、総次郎が問うてきた。

「志鶴さんは、伊都さんの子ではないんだね」

「ええ、そうなんです」

志鶴がここに来た経緯を語る。

「そうだったのか。志鶴さんも苦労しているんだね」

「そんなことありません。おかみさんは実の母と同じように、わたしを大事にしてくれます」

「実の母か」

総次郎が遠い目をする。

「お母様は故郷に健在なんですか」

「ああ、われら兄弟が国事に奔走しているのを心配しながらも、『立派に働くのですよ』と言って送り出してくれた。その母の自慢が兄上だ。兄上は藩校の明倫館《めいりんかん》に通っている頃から、その英才ぶりを謳《うた》われ、殿に四書五経の講義をしたことまである。母上自慢の兄上を国元まで何としてもお連れするのが、今のわたしの使命だ」

総次郎の顔が引き締まる。

「お母様のためにも、帰国できることを祈っています」

「ありがとう。いつの日か――」

総次郎がそこまで言い掛けた時、裏の家から怒鳴り声が聞こえた。言葉はよく聞き取れないが、総次郎を呼んでいるようだ。

即座に立ち上がった総次郎が、台所にいる伊都の脇をすり抜けて裏に走る。

「どうしたの！」

「分かりません！」

跡を追おうとする志鶴の腕を伊都が摑む。

「行ってはだめ！」

「でもお客さんが——」

「仕方ないね。一緒に行きましょう」

二人は勝手口を出て裏の家に向かう。

「総次郎！」

先生の声が響く。

「どうしましたか！」

「六部が裏山へ逃げた」

総次郎が裸足のまま山に向かう。

「山は深い。追っても無駄ですよ！」

伊都が総次郎の背に声を掛けるが、総次郎はそれを無視して闇の中に消えた。

老人が悪態をつく。

「六部の野郎、わしらが話し込んでいる時に『用足しがしたい』と言うんで、先生が許したら逃げやがった」

「わたしの不覚だ。かの者を甘く見ていた」

先生によると、用足しが近い老人は何度も厠へ行ったが、すぐに戻ってきた。それで六部にも一人で行くことを許したが、六部の走り去る足音がしたので、総次郎を呼んだという。

「六部が番屋に駆け込めば、すぐに捕方がやってくる。かといって、この足では逃げることはできぬ」

先生が唇を噛む。

「悪いがこの家を売ってくれ。弟が戻る前にここで自裁する」

先生は懐に手を入れると、銭袋の中身をすべて出した。優に十両はある。

「先生、あんたがいくら偉い人だって、何でもお金で買えると思ったら大間違いだよ」

伊都の強い口調に、先生が唖然とする。

「ここがいくらぼろ家でも、住んでいる人がいるんだ。たとえ百両積まれたって、住人の了解を取らずに、ここを売ることはできないよ」

「だが、ここはあんたの所有だろう」

「そうだよ。だからといって、住んでいる者たちの了解を取らないわけにはいかない」

「分かった。では、外で腹を切る」

先生が刀を支えに立とうとする。

「やめとくれよ。この土地を血で汚したら、笠神社の神様に合わせる顔がないよ」

「では、どうすればよいのだ」

伊都が先生の隣に行き、その肩を押さえて座らせる。

「あんたも先生と呼ばれる人なら、命を無駄にしちゃいけない。あんたが生きることで多くの人が幸せになれるのなら、最後の最後まであきらめちゃだめだよ」

先生が唇を噛んで黙り込む。

「先生、あんたが腹を切ったら弟も切るよ。それでもいいのかい」

しばらく沈黙した後、先生が言った。

「そういうわけにはいかない。総次郎だけでも国元に帰してやりたい」

「だったら早まっちゃいけないよ」

「分かった。わたしが間違っていた」

先生が悄然《しょうぜん》と首を垂れたその時、外が騒がしくなると、総次郎が戻ってきた。

「兄上、六部を捕まえました」

首根っこを摑まれていた六部が、裏の家の土間に投げ出される。

「どうやって捕まえたのだ」

「六部はこの地に来たのが初めてと言っていましたので、必ず道に迷うと思い、逆に気配を探りながら歩きました。すると案の定、山の頂に出た六部は引き返してきました」

「ああ、お許しを」

六部が嗚咽を漏らす。

「この野郎、てめえは自分だけが助かれば、それでいいのか！」

六部を足蹴にしようとする老人を、伊都が止める。

「待ちなよ。何か事情があるんだろう」

「は、はい」

六部が蚊の鳴くような声で言う。

「実は、わたしは偽の六部なのです」

「何だって！」

老人が目を剝く。

「わたしは六部に化け、各地の寺院を回って寄進を募り、それで生計を立てていたのです。このまま事が明らかになれば、わたしも番屋で尋問されます。それで正体がばれたら──」

六部が涙ながらに言う。

「金をすべて取り上げられ、百叩きに遭います」

「おい」と言って、老人が六部の襟を摑む。

「てめえは逃げれば済むかもしれないが、わしらはどうなる！」

「どうかお許しを」

「おい、六部」と先生が声を掛ける。

「そなたはわれらの信頼を裏切った。本来なら斬るところだが、縄掛けするだけで許してやる」

「ああ、何とありがたい――」

六部を引き起こした総次郎が、厳重に縄掛けした。

「これでよい」

「それにしても」と伊都が言う。

「このままじゃ、わたしたちも限界だよ。それにお役人は身勝手だ。ここにあんたらがいると分かれば、討ち入りだってしかねない。そうなれば、うちは滅茶苦茶にされる」

先生と総次郎に言葉はない。

「それだけじゃないよ。あんたらは死ねば済むが、うちは長州藩士と気脈を通じていた宿屋だと思われる。そうなれば、わたしだって百叩きにされるかもしれない」

それは事実だった。瀬戸内海には長州藩士の定宿《じょうやど》があり、それらの中には真なべ屋のように足軽や小者向けの宿もある。佐吉をはじめとする町年寄たちがいかに違うと言っても、上方からやってくる役人たちに容赦はない。つまり下手をすると伊都は下獄させられ、真なべ屋も閉鎖ということになりかねないのだ。

この時になって初めて、志鶴は真なべ屋に危機が迫っていることに気づいた。

「分かった」と言って、先生が膝を打つ。

「明日一日、船が来なかったら、われら二人はここを出ていく。それでよいな」

伊都がうなずく。

「しかし兄上、それでは――」

「構わぬ。夜のうちにここを抜け出し、海辺の漁師小屋にでも隠れて船を待とう」

「分かりました。そうしましょう」

「待って下さい」

志鶴が口を挟む。

「せっかく血が止まっているのに、歩けば傷口が開いてしまいます」

「志鶴ちゃん」と、伊都がため息をつきつつ言う。

「それは、わたしたちが案じることじゃないよ。わたしたちは精一杯のことをやってあげたんだ」

「その通りだ。恩に着る。ただ明日一日だけ、猶予をくれ」

先生が頭を下げる。

「そうしたら明日の晩、出ていってくれるんだね」

「武士に二言はない」

それで話はついた。

六人は従前のように二手に分かれ、夜を過ごすことになった。

裏の家からの道を戻りながら、志鶴は胸が締め付けられるような不安を感じていた。

その日の夜、布団に入ると、伊都がぽつりと言った。

「総次郎さんは、あんたのことを好いているよ」

その直截《ちょくせつ》な言葉に、志鶴は何と答えてよいか分からない。

「どうして、そう思うのですか」

「わたしだって無駄に生きてきたわけじゃないよ。女として辛い仕事だってしてきたさ。だから、あの人の気持ちぐらい分かるんだよ」

伊都が言葉を嚙み締めるように言う。

辛い仕事というのが女郎だというのを、志鶴は町の人たちから聞いて知っていた。

「あんたはどうなの」

「分かりません」

「そうだろうね。人が最も分からないのが、自分の気持ちなんだよ」

――そうかもしれない。

志鶴は自分の気持ちなど考えたこともなかった。

「でも総次郎さんは、自分の気持ちに真っ正直さ。無事に国元に帰れたら、またやってくるかもしれないよ」

「えっ」

「もちろん、もう押し込みはしないよ。客としてか――」

そこまで言うと、伊都は口をつぐんだ。先のことなど、誰にも分からないからだろう。

「でもね、人の運命なんて分からないものさ。だから何かを待っていてはだめ」

「そういうものなんですか」

「そうだよ。行っちまった人は迎えに来ない。だから自分の道は自分で切り開くのさ」

それだけ言うと、伊都は寝返りを打って反対側を向いた。

格子窓から差す月明かりが、伊都のうなじを白く浮かび上がらせる。そこには、人生の酸《す》いも甘いも知った女の年輪が刻まれていた。

六

五日目の朝を迎えた。総次郎が二階に駆け上がる音で目を覚ました志鶴は、身支度を整えると朝餉の支度に掛かろうとした。

いつもは、伊都より一足早く起きて朝餉の下ごしらえを済ませておく志鶴だが、二階に行って総次郎に挨拶してから支度に掛かることにした。

総次郎は、最も眺めのいい部屋の窓から港を見つめていた。

昇ったばかりの朝日に照らされた海は神々しいばかりに輝き、数艘の漁船が帆に風をはらませて水平線目指して走っていく。いつもと変わらぬ笠岡の朝だ。

「おはようございます」

「ああ、おはよう」

総次郎が笑みを浮かべて応える。

「こんな早くに入ってくる船はありませんよ」

「それは分かっている。だが目が覚めてしまったんだ」

総次郎の横顔が朝日に照らされ、輝いて見える。

その顔には、持て余すほどの大きな未来が開けていた。

――何事も期待してはだめ。このお方は、ここになど戻ってきやしない。

黙って階下に下りようとする志鶴を、総次郎が呼び止める。

「志鶴さん、だったね」

「はい。何でしょう」

しばらく沈黙が続く。その重さに志鶴の身は固くなった。

「もしもわたしが再びここに来たいと言ったら、歓迎してくれるだろうか」

「もう一度、ですか」

総次郎が白い歯を見せて笑った。志鶴も口辺に笑みを浮かべる。

「いつか客として、ここに来たいんだ」

「もちろん大歓迎です」

「本当かい」

「はい」

階下では、伊都が起きたらしく、仕事を始めている音がする。

「もしもそんな日が来たら、どんなにいいか」

「きっと来ますよ」

「そうだな」と言うと、総次郎は立ち上がり、志鶴の前まで来た。

「志鶴さんは、わたしを待っていてくれるかい」

「えっ」

志鶴には何と答えてよいか分からない。だが気づくと、志鶴は小さくうなずいていた。

「それが返事と受け取っていいんだね」

その時、伊都の「志鶴ちゃん、どこにいるんだい」という声が聞こえてきた。

「もう行かなくては」

「そうだな。余計なことを言ってすまなかった」

「いいえ」

「最後に一つだけ問わせてくれ。わたしがここに来るだけでなく、迎えに来ると言ったら――」

志鶴は愕然とした。ここに客として来ることと迎えに来ることでは、その意味からして違う。

その時、再び階下で志鶴を呼ぶ伊都の声がした。

「もう行かなければなりません」

「ああ。そうだな」

志鶴が階下に下りていこうとしたその時、窓越しに何かが見えた。

「あれは――」

「どうした」

志鶴がゆっくりと人差し指を港の方に向ける。

「船か――」

総次郎が慌てて窓のところまで走り寄った。

「あれは漁船ではないな」

「この時間に戻ってくる漁船はありません」

その船は優に千石は積める弁財船《べざいせん》だった。

「旗は――、旗はどうだ！」

確かに帆柱に旗は翻っているが、ここからでは目を凝らしても確かめられない。

「志鶴ちゃん、ここにいたのかい」

背後から伊都の声が掛かる。だが二人の顔を見て、伊都も察したらしい。

「まさか、迎え船が来たのかい」

志鶴がうなずく。

「そのようです」

総次郎が目を血走らせて問う。

「志鶴さん、港に走ってくれるか」

「は、はい」

「合図旗は分かっているね」

「これですね」

志鶴は懐に手を入れ、総次郎の描いてくれた絵柄を示す。

「そうだ。頼んだぞ。わたしは兄上と支度をして待っている」

「分かりました」

階下に走り下りようとする志鶴の背に、伊都の声が掛かる。

「志鶴ちゃん、足元に気をつけるんだよ」

その声に「はい」と答えつつ、履物を突っ掛けた志鶴は走った。

朝靄が煙る中、伏越小路に差し掛かった時、あさひ楼のたあちゃんが顔を出した。

「あら、志鶴ちゃんじゃない。そんなに急いでどうしたの」

「何でもありません」と答えながら、志鶴が女郎屋の間を駆け抜ける。

ようやく笠岡港が見えてきた。見慣れない弁財船は桟橋の端に停泊していた。だが荷を降ろすでも載せるでもなく、ただそこに佇んでいる。

志鶴は懐から絵図を取り出すと確かめた。

——間違いない。

朝の風に翻るその旗は、間違いなく『丸に矢筈』だった。

——そうだ。船にいる人に確かめよう。

志鶴は桟橋の端まで走ると、船に向かって怒鳴った。

「どなたかおられたら、お願いします」

志鶴の声が聞こえたのか、黒々とした顔が舷側《げんそく》から現れた。

「すみません。こちらは迎え船でしょうか」

その船子らしき者は何も答えず、どこかへ走り去った。すぐに船尾の方で話し声が聞こえてきた。

「お武家様、女が来て迎え船かどうか聞いてきたんじゃったが、どうなさいますか」

「そうか。今行く」

やがて武士らしき者が舷側から顔を出すと、問うてきた。

「何用だ」

「この船は――、この船は迎え船ですね」

しばしの間、黙って志鶴を見ていた武士が言った。

「そうだ」

志鶴は全身の力が抜けるほどほっとした。だが仕事はまだ終わっていない。

「しばらくお待ちいただけますか」

「分かっている。そのために来たのだからな」

志鶴は元来た道を引き返した。帰りは上りなのできついが、志鶴は懸命に走った。

やがて真なべ屋の前で待つ四人の姿が見えてきた。六部はいないが、行商の老人は出てきている。

志鶴は迎え船だと言おうとしたが、息が切れて声が出ない。その様子を見た伊都は、家の中に走っていった。きっと水を汲んできてくれるに違いない。

「どうだった！」

駆け寄ってきた総次郎が、坂の途中で志鶴を支える。

伊都が差し出した椀の水を飲み干すと、志鶴は言った。

「迎え船です」

「本当か！」

「船にいたお武家様に確かめたので、間違いありません」

「兄上、国元に帰れますぞ！」

歓喜に咽《むせ》ぶ総次郎とは対照的に、先生は落ち着いていた。

「わが武運いまだ尽きまじ。おかみ、どうやらこの国は、まだわたしを必要としているようだ」

「先生、よかったですね」

伊都が嗚咽を漏らすと、老人が目頭をこすりながら言った。

「先生、知り合えてよかった。どうかこの国のためにがんばって下さい」

「分かっておる。そなたらのためにも、わたしはよき世を作る」

先生が決意を新たにする。

「志鶴さん、どうやら、これでお別れだ」

「は、はい」

「兄上を国元に送り届けたら――」

総次郎が恥ずかしげに言う。

「必ず迎えに来る」

「本当に――」

「ああ、本当だ。今度は、わたしが迎え船に乗ってくる」

志鶴の胸内に、じんわりとした何かが広がる。

志鶴は生まれて初めて、それが何なのかを知った。

その様を啞然として見ていた老人が、おどけたように言う。

「あれ、いつの間に、そういうことになっていたんだい」

「いいじゃないの。若いんだから」

伊都は先生の肩を支えながら坂を途中まで下り、総次郎に託した。

「おかみさん、この御恩は忘れません」

総次郎が深く頭を下げる。

「些少ながら、宿と客への詫び代だ」と言いつつ、先生が銭袋ごと渡してきた。

「そんなものはいただけません」

「いいんだ。船に乗ってしまえば、もう銭は要らぬ身だからな」

「すみません」

「では、これにてご無礼仕《つかまつ》る」

「ご迷惑をお掛けしました」

二人は一礼すると、坂を下っていった。

茫然と二人を見送る志鶴に、伊都が言った。

「志鶴ちゃん、見送りに行ってきなさい」

「はい」と答えた志鶴が、先生のもう片方の肩を支える。

三人は歩調を合わせながら桟橋へと向かった。

七

笠岡港では、すでに朝の喧騒が始まっていた。志鶴の姿を目に留めた顔見知りたちが、「志鶴ちゃん、どうしたんだい」と問うてくる。だが志鶴はその都度、「お怪我をしたお客さんを船に送るんです。ご心配には及びません」と笑顔で答えてやりすごした。

やがて桟橋が見えてきた。

「兄上、あれです」

「ああ、確かに『丸に矢筈』だ。間違いない」

二人が翩翻《へんぽん》と風になびく合図旗を確かめる。

「誰かが、国元までたどり着けたのだな」

「どうやらそのようです」

栈橋に着いたところで、総次郎が足を止めた。

「志鶴さん、ここまででよい。先ほどの言葉は必ず守る」

「総次郎様、わたしも――」

志鶴は一拍置くと、思いきるように言った。

「待っています」

それを聞いて力強くうなずいた総次郎は、先生に肩を貸しながら船へと向かった。

その時、沖から別の弁財船が入港してくるのが見えた。

――こんな朝に、また弁財船が入ってくるなんて珍しい。

そう思いつつ、志鶴が何となく帆柱の先を見ると、旗が翻っている。

弁財船が港に近づいてくると、その旗の絵模様がはっきりと見て取れた。

――あれは『丸に矢筈』だわ。どういうこと。

まさか二艘が迎えに来たとは思えないが、藩内が混乱している折でもあり、二艘出してしまったとも考えられる。

だが志鶴は、ふと総次郎とあばた面の武士の会話を思い出した。

「足軽は性根が据わっておらぬゆえ、捕まって拷問を受ければ必ず口を割る」

――どちらかが長州の船ではないことも考えられる。そういえば、先ほどの船子の言葉は長州弁ではなかった。

志鶴は、あの時の船子の言葉を思い出した。

「お武家様、女が来て迎え船かどうか聞いてきたんじゃったが、どうなさいますか」

——あれは広島弁。ということは、桟橋に着いている船は長州の迎え船ではない。

志鶴は一歩二歩と踏み出すと、次の瞬間、走り出した。

「総次郎様、待って！」

ちょうど総次郎たちは、桟橋に停泊している船の下まで来たところだった。

だが、誰かが迎えに降りてくる気配はない。

「総次郎様！」

志鶴の叫び声に総次郎が振り向く。

その顔には笑みが浮かんでいた。

「その船に乗ってはいけない！」と志鶴が叫んだ時、舷側から複数の筒のようなものが現れた。

次の瞬間、その先から火が吹き、轟音が耳をつんざいた。

「ああ、総次郎様！」

志鶴が駆け寄った時、二人は折り重なるように倒れていた。

「総次郎様、しっかり！」

志鶴が総次郎の頭を抱える。だが二人とも至近距離で銃弾を受けており、すでに事切れていた。

やがて渡し板が渡され、武士たちが降りてきた。

「女、遺骸は引き取る」

「どうして――、どうしてこんなことを！」

「われらは広島藩の者だ。長州藩の落ち武者は討ち取れという公儀の命令が出ている。たまたまわが藩領を通った足軽を捕まえて締め上げたところ、ここにいると吐いたのだ。宿を取り囲んでもよかったのだが、そんなことをすれば客や宿の者が殺されるやもしれぬ。それゆえ、こうした策を取った。佐伯毛利家から嫁いできた姫がいて、『丸に矢筈』の旗があったので助かった」

「どうして――」

船から降りてきた船子たちによって、志鶴は総次郎の遺骸から引き剝がされた。

やがて二人の遺骸は船内に運ばれていった。

筒音によって事態を察したのか、先ほど入港してきたもう一艘は、湾内で向きを変えると港から出ていった。

「そなたらも迷惑したであろう。それゆえ、こちらの番屋には届けぬから安心せい」

そう言い残すと、武士は船に戻っていった。

――ああ、何ということ。

志鶴は今起きていることが、現世《うつしよ》のこととは思えなかった。

――総次郎様、どうして！

悲しみが波濤のように押し寄せてくる。

茫然とする志鶴の前で、渡し板が外されると帆が張られた。
総次郎と先生の遺骸を乗せた広島藩の船が、ゆっくりと桟橋を離れていく。
順風を帆にはらませ、船は瞬く間に水平線に向かって去っていった。
それを見送りながら志鶴は、己の迎え船が永遠に来ないことを覚った。

切り放ち

一

笠岡は山に囲まれた港町だ。西に竜王山《りゅうおうさん》、東に石槌山《いしづちやま》、南東から南にかけては応神山の稜線が長く伸び、古城山と呼ばれる先端部が南に広がる海に突き出ている。

平地が狭いため道を広く取ることができず、小路や路地が多い。古老の話によると、伊都が笠岡にやってくる少し前までは、どの小路にも行商が見世を開き、毎日が祭りのような賑わいだったという。

とくに備中の米の集積所となっていた頃は、廻米船が頻繁に行き来し、潮待ちで上陸した船子《ふなこ》たちが酒に酔って小路に寝てしまうので、歩くのにも難儀したらしい。

だが、そんな繁栄は長く続かなかった。

笠岡と伏越の二つの港は遠干潟《とおひがた》だったことから、宮地川と隅田川という二つの河川が運んでくる土砂によって埋まりやすく、港の機能を維持するには、河口の浚渫《しゅんせつ》を行う必要があったからだ。

そのため笠岡陣屋の肝煎《きもい》りで、「戎銀《えびすぎん》」と呼ばれる冥加金《みょうがきん》制度が運用されていた。しかし廻船業者や商人《あきゅうど》たちにとって、その負担は馬鹿にならず、廻船業者が次々と去っていったことで、「戎銀」は破綻した。つまりいつの頃からか浚渫は行われなくなり、今は中型船さえ港内に入れないほど遠浅になってしまった。

「それで廻米船はどこかの港に行っちまい、この宿に泊まる客も減っていったのさ」

布団の中に横たわったまま、伊都がかすれた声で言う。

すでに明治も三年（一八七〇）になり、各地に文明開化の波が押し寄せてきていた。しかし笠岡の町と真なべ屋は、時代から取り残されたように変わらなかった。

「おかみさん、無理をしないで下さい。その話は、わたしも町の人から聞いています」

志鶴は盥につけた手巾《しゅきん》を絞り、伊都の顔を拭いてやった。

「そうだったのかい。志鶴ちゃんは皆の話を聞くのが好きだから、ここにもすぐになじんだね」

「おかみさんだって、皆に好かれているじゃありませんか」

志鶴は伊都の半身を起こすと着物を脱がせ、手巾で背中も拭いてやった。

「わたしの過去は知っているだろ」

「は、はい」

伊都は若い頃、倉敷で女郎をしていた。

「そんな仕事をしてきた女はね、土地になじむまで時がかかるんだよ」

「でも――」

「すぐに噂は広まるもんさ。さほど遠くない倉敷なんかであんな仕事をしていたから、ここの男でも、わたしを知っているもんがいたのさ。この宿を始めてからも、夜中に戸を叩いて『抱かせろ』と騒ぐ男もいたよ」

背中を拭かれながら、伊都が咳き込む。

具合が悪いと伊都が言い出したのは、一月《ひとつき》ほど前のことだった。初めは風病（風邪）の類だと言って無理して仕事をしていたが、血痰《けったん》が出たことに驚き、医家を訪ねたところ、肺疾だと診断された。その日から伊都は療養することになったが、病状は悪化の一途をたどり、今では一人で立つこともできなくなっていた。

それでも志鶴は快復を信じ、宿の切り盛りをしながら懸命に看病した。だが病状は好転せず、往診してくれた医家からは、「快復は難しいかもしれない」とまで言われた。

それでも志鶴はあきらめず、手を尽くすつもりでいた。

「これを使って下さい」

志鶴が懐紙を渡すと、伊都はそこに血痰を吐いた。

「誰にうつされたのか分からないけど、口惜しいね。この肺患《わずら》いは若い頃にうつされたのかね」

「風呂屋町の先生が、半年から一年の間だろうと仰せになっていました」

「そうかい。やっぱり半年ほど前、倉敷に行ったのがいけなかったのかね」

かつて落籍《ひか》してもらった商家の主の正妻が病死したと聞いた伊都は、倉敷まで行って葬儀に参列してきた。その時、雑踏を歩いたので、そこで肺疾をうつされたのではないかという。

「あの方には恩義があったんだ。だから葬儀には行かねばならなかったんだよ」

廓から落籍してくれた商家の主が亡くなることで、伊都は危うく路頭に迷うところだった。しかし正妻はよくできた人物で、その時、「当然のことだよ」と言って遺産を分けてくれた。そのおかげで、伊都はそれを元手に、この地で旅宿を始めることができた。

「こんな病に捕まっちまうなんて、わたしも年貢の納め時かね」

四十後半に差し掛かっても、伊都の美貌は全く衰えていない。だが病を得てからは、白髪が目立ち始めていた。

「そんなことはありません。殿川町の先生によると、おいしいものを食べて、のんびり養生すれば、肺患いは癒えると聞きました」

伊都が笑う。

「志鶴ちゃんは、笠岡の医家すべてに話を聞きに行ったのかい」

「ええ。肺患いのことなら、笠岡で一番詳しくなりました」

二人が声を上げて笑う。

「でも志鶴ちゃんにうつしたくないよ。半がいればよかったんだけど、もういないからね」

かつて真なべ屋で働いていた辰三と半の夫婦は、辰三が高齢で働けなくなったのを機に故郷に引っ込んだ。その時、伊都は多額の礼金を渡したので、二人は涙を流しながら感謝していた。

「おかみさん、わたしは先生方から、うつらない方法をしっかりと聞いています。心配しないで下さい」

志鶴は口に手拭いを巻き、木綿の手袋をしていた。

「だけど、こんな病人がいたら、ただでさえ少ないお客さんも寄り付きゃしないよ」

伊都が唇を嚙む。

「おかみさんは離れにいるんですから、宿の方は心配要りません。きっとお客さんもいらっしゃいます」

伊都は、かつて辰三と半が住んでいた店の裏にある家で静養していた。

「そんなこと言ったたって、もう噂が広まったのか、客足もぱったりじゃないか」

伊都の言うように、最近はただでさえ客も減り、建物の修繕費にも事欠く有様だった。

さらに客足が遠のけば、伊都と志鶴は食べていけないことになる。

「そうだ。わたしの着物や持ち物はすべて上げるよ」

「だって――」

「志鶴ちゃんは、薄青（黄みの淡い浅緑色）の地に青丹《あおに》（暗く鈍い黄緑色）の竹の柄が付いた着物を気に入っていただろう」

「ええ、まあ」

「それを着る時、襦袢《じゅばん》は赤がいいよ。地の色と模様が同じような色だから、淡く模様が浮き上がる感じが得も言えぬほどいいんだよ」

伊都が少女のようにうっとりする。

「だって、それはおかみさんだからこそ——」

「藤鼠色の地に白鼠の露芝《つゆしば》の模様が付いたものも『いいなあ』って言ってたね」

「でもその二つは、とくにおかみさんが大切に着ていたものじゃないですか」

着物の話になり、突然悲しみが込み上げてきた。

それらの着物を着ていた時の伊都の美しさが、脳裏によみがえってきたからだ。

「もうわたしには用のないものばかりさ」

「そんなこと——、そんなこと言わないで下さい」

志鶴が嗚咽を堪《こら》える。その時、表口の方で声がした。

「ごめんよ！」

伊都が笑みを浮かべて言う。

「佐吉親分だね」

「ちょっと行ってきます」

「ここに連れてきちゃだめだよ」

伊都が険しい顔で言う。

裏の家の表口に行くと、佐吉が何かの包みを抱えて立っていた。

「ああ、志鶴ちゃん、おかみさんの具合はどうだい」

「今は落ち着いています。それより親分、ここに来てはいけないと――」

「そいつは分かってる。だが、こいつを届けたかったんだ」

佐吉が大切そうに抱えていた包みを開けると、中から何かの根のようなものが現れた。

「これは何ですか」

「朝鮮人参さ」

「そんな高価なものを――」

「知り合いの商人が仕入れられるというんで頼んだのさ。苦いもんらしいが、煮出してから茶と混ぜれば、病人にも楽に飲めるらしい」

「ありがとうございます」

志鶴が朝鮮人参を受け取ると、佐吉が寂しそうに言う。

「おかみさんは『来るな』と言ってるんだろう」

「ええ、まあ」

「分かった。伝えといてくれ」

「ええ、何なりと」

「佐吉が『お前だけは救う』と言っていたとな」

そう言うと佐吉は恥ずかしげに俯き、その場から去っていった。

佐吉の伊都に対する想いが、痛いほど伝わってきた。

――それほどおかみさんのことを想っているんですね。

伊都も佐吉のことを憎からず思っているのは、志鶴にも分かる。しかし二人とも独り身なのに、どうして一緒にならないのかまでは分からない。そこには、何か深い理由があるとしか思えない。

志鶴が戻ると、伊都が問うてきた。

「それは何だい」

「朝鮮人参です。早速、煎じてみます」

「後でいいよ。親分は、そんな高価なものを手に入れてくれたんだね」

「はい。それで言伝《ことづて》を承りました」

「そう。何だって」

「親分は――、『お前だけは救う』と仰せでした」

伊都が小さくうなずく。

「親分、ありがとう」

伊都の瞳から、一筋の涙が流れ落ちた。

「おかみさん、あれだけ佐吉親分はおかみさんのことを好いているのに、どうして一緒になってあげないんですか」

志鶴は思い余って問うた。

「志鶴ちゃんには、それが不思議かい」

「ええ、親分は怖い顔をしてますけど、本当は優しい心根の方です」

「わたしもそう思うよ。あれだけの男は、なかなかいない」

「じゃ、どうして――」

「志鶴ちゃんはいくつになった」

「はい。二十五になりました」

「そんなになるまで嫁に行かせてあげられなかったんだね」

日々の忙しさから、志鶴は婚期を逃していた。半年に一度くらいは縁談も来ていたが、志鶴はすべて断ってきた。志鶴が嫁に行ってしまえば、伊都は真なべ屋を畳まなくてはならなくなる。明治の御一新で世の中は混乱しており、どこも人手不足で、安い給金で働いてくれる若い女など見つけられないからだ。

「わたしのことはいいんです。それよりも――」

「志鶴ちゃんも二十五なら、男と女のことは少しくらい分かるね」

志鶴がうなずく。

「男と女にはね、いくら互いに好いていても、一緒になれないことだってあるんだよ」

「どうしてですか。過去にかかずらっていて幸せを逃すなんて――」

「そうだね。でも、わたしと親分の間には、どうしても割り切れない過去があるんだよ」

伊都の顔が悲しげに歪む。

「いったい何があったんですか」

「わたしもいつ死ぬか分からない。もう話してもいい頃合いだろうね」

「やはり何かあったんですね。よろしければ聞かせて下さい」

伊都はうなずくと、かすれた声で語り始めた。

二

倉敷は白壁の土蔵が建ち並ぶ美しい町だ。伊都は十三歳の時、この町の遊廓に売られてきた。その時に付けられた源氏名は希美里《きみさと》だった。以来、伊都は馴染み客から「希美」と呼ばれるようになる。

二年間ほど「新造」として行儀作法や遊廓の仕来りを学んだ希美は、十五になった時、初めて客を取らされた。器量のいい希美には、すぐに複数の客がついた。その多くが倉敷の商家の旦那衆だった。

そうした馴染みの中で、一人だけ変わった男がいた。源蔵《げんぞう》と名乗るその男は二十代と若く、引き締まった体にいくつかの傷を負っていた。しかし何よりもほかの客と違うのは、鷹のように鋭い眼光だった。

はじめ希美は源蔵が嫌いだった。粋な話をして和やかな雰囲気を作るでもなく、突然、やってきては荒々しく希美の体を求めるからだ。そこには遊廓の客に多い粋人《すいじん》の欠片《かけら》もなかった。

そうした様子は遊廓の主人にも伝わり、「なんなら禁会《きんかい》にするかい」と言われた。希美は売れっ子だったので、おかしな誤解から傷つけられるのを恐れたのかもしれない。

だが希美は首を左右に振った。源蔵を好いていたからではない。少しでも売れる時に売っておかないと年季明けが遅れると、先輩女郎から聞いていたからだ。

源蔵は何日か流連《いつづ》けるかと思えば、何カ月も来ないことがあった。

ほとんど自分のことを語らない源蔵だが、さすがに初会から一年も経ったので、希美は思いきって問うてみた。

「あんたは何をやって食べているんだい」

「俺か――」

ことが終わり、源蔵は腹ばいになって煙管《キセル》をふかしていた。

「答えたくないんなら、答えなくてもいいんだよ」

「いや、そういうわけじゃない」

何かを思い出したのか、源蔵が険しい顔をする。

――きっとよからぬ仕事なんだ。

その顔を見れば、まっとうな商売をしていないのは希美にも分かる。

「あんたが商家の若旦那とは思わないさ。でも、誰にも迷惑をかけずに食べているんだろう。だったら、どんな仕事をしていようと気にすることはないじゃないか」

「ありがとよ」と答えると、源蔵が笑わずに言った。

「俺は博徒さ」

「そ、そりゃ、そうさ。でも、こんなところに来て金を使っていたんじゃ、いつまで経っても店なんて持てねえな」

「案外、まじめに考えているんだね」

意外な答えが返ってきたので、希美は櫛を持つ手を止めた。

「いつか店の一つも持ちたいと思っている」

櫛で髪をとかしながら希美が問う。

「大金稼いでどうするのさ」

「ああ、そうだ。でも俺だって好きでこんな仕事をしているわけじゃねえ。無宿もんが大金を稼ぐには、博徒になるしかねえからな」

「そんなたいへんな仕事を、あんたはしているんだね」

「俺は幸いにして何とか食べていけてる。でもな、中には食べていけない奴もいる。それで負けて金が払えなければ、腕の一つも折られて二度と博打を打てなくなる」

無宿者と聞いて、希美は少し怖くなった。

「そ、そうなのかい」

「博徒ってのはな、博打を打って、おまんまを食べている無宿もんのことさ」

煙管の灰を落とすと、源蔵が希美の方に向き直った。

「そんなことも知らねえのか」

「ばく、とって何だい」

煙管を置くと、源蔵は仰向けになった。

「それで、何の店をやりたいんだい」

「旅宿でもやりたいと思っている。俺みたいな無宿もんは諸国を旅することなんてできないから、せめて旅人から話を聞いて、諸国の有様を知りたいと思ったのさ」

宗門人別改帳（戸籍台帳の代わり）から外された無宿者には、通行手形が発行されない。そうなると関所を通過できず、特定の地域から出ることはできない。

「諸国の有様を知ってどうするのさ」

「ただ『どんなとこだろうな』って思いをめぐらすだけさ」

「あんたって面白い男だね」

「じゃ、俺と一緒になって旅宿をやるかい」

「えっ――」

希美が戸惑うと、源蔵は笑って言った。

「おい、本気にしないでくれよ。お前さんを落籍すだけの金を稼ぐには百年かかる」

「そんなことは分かっているよ」

「でも、金があったらいいなと思う。お前さんを落籍して、二人で旅宿をやるんだ」

「面白そうだね」

まだ一緒にいる時間はあるが、希美は次の客のために化粧を直そうとしていた。

「思いをめぐらすだけなら、誰からもお咎めは受けねえからな」

「そうだよ。好き勝手に思いをめぐらせばいいんだよ。あんたと旅宿がやれたら、さぞ楽しいだろうね」

「それを本気で言ってんのかい」

源蔵が真顔で問うてきたので、希美は戸惑った。

「そりゃ、そうだよ。でも――」

「でも、何だい」

「そう思っただけだよ」

その想像を現実のものにするためには、幾多の関門が立ちはだかっている。気まずい沈黙を嫌うかのように、源蔵が言う。

「思うことは自由さ」

「そうだね。何もかも忘れて自由になれるね」

二人が声を合わせて笑う。

この時から、源蔵は来る度に旅宿の話をするようになった。希美も様々に思いをめぐらせた。遂には、部屋数はどうする、間取りはどうするといった具体的な話にまで及んだ。

そのうち希美は、源蔵が来るのを待ちわびるようになった。源蔵を好いているかどうかも分からなかったが、ただ源蔵と旅宿の話をするのが、楽しみになっていたのだ。

それから半年ほど経ち、もう旅宿の話も尽きてきたが、希美の心には別の何かが芽生えてきていた。

——この人と添い遂げたい。

希美は源蔵と所帯を持つことを考え始めていた。

それは源蔵も同じなのだろう。時折、寂しげな顔をして希美を見つめることがあった。

そんな源蔵に対する思いは日に日に募り、源蔵が今日来るか明日来るかと、一日千秋の思いで待つようになった。それとは逆に、ほかの客に身を任せることに対して嫌悪感を抱くようになった。源蔵がやってきた日のうれしさは、言葉にはできないほどだった。

そうした希美の様子に何かを感じたのか、廓の先輩女郎から「男に惚れてはだめだよ」と幾度となく注意された。

——だけど、わたしはあの人を好いている。あの人と一緒になれるなら、どうなってもいい。

女郎にとって考えてはいけないことと知りつつも、希美はその気持ちに身を委ねるしかなかった。

そんなある日、ことが終わった後、唐突に源蔵が言った。

「足抜けしないか」

いつか源蔵から、その話が持ち出されるのではないかという予感はあった。

むろん、それ以外に二人が一緒になれる方法がないのは分かっている。だが女郎屋は一所に集められ、その周囲を板塀で取り囲み、東西の大門《おおもん》には廓者《くるわもの》と呼ばれる荒くれ者が常時詰めているのだ。そんな場所を突破することなどできるはずがない。しかも足抜けで捕まったら最後、男は殺されるか、体が不自由になるほど痛めつけられる。

一方、女は厳しい折檻《せっかん》を受けることになる。それも売り物の体が傷つかないよう、眠らせないようにしたり、水に浸けたりするという精神的に追い詰めていく折檻だ。

それが肉体と心に与える苦痛は耐え難いもので、二度と足抜けをやろうという気は起こらなくなるという。

「ここから逃げたくないのかい」

源蔵が鋭い眼光を向ける。

「逃げるったって、どこにも逃げられないよ」

「いや、大坂や江戸の喧騒に紛れちまえば、どうにでもなる」

「通行手形はどうするんだい」

「蛇《じゃ》の道は蛇《へび》だ。金を積めば本物と見まがうばかりの偽物が手に入る」

「でも、ここには廓者がいるんだ。足抜けなんてやる女はいないよ」

「そんなことはない。やり方次第でうまくいく」

「やり方次第って。どうやるんだい」

希美は問うてはいけないと知りつつも、つい問うてしまった。

「ここは港が近い。船に乗り込んじまえば、どうにでもなるだろう」

「そいつは無理だよ。いくら港が近くても、廓者たちに見つかれば、それで終わりさ」

「けっ」と言って源蔵がうそぶく。

「俺の仕事を覚えているかい」

「博徒だろう」

「そうさ。俺たちの横のつながりは強い。これまで金を融通して命を救ってやった奴が何人かいる」そいつらに手伝わせれば何とかなる。

行燈《あんどん》に照らされた源蔵の横顔は、自信に溢れていた。

「あんた、本気なんだね」

「ああ、本気さ。お前は命を懸けるに値する女だからな」

十代の希美にとって、それは何物にも代え難い言葉だった。

三

「何だと。この野郎！」

突然の叫び声が、深夜の廓の静寂を引き裂いた。続いて女の悲鳴や、「喧嘩はやめて下さい」という店の者らしき声が聞こえる。

「さあ、仲間が派手におっぱじめたぜ」

二階の格子窓から下の様子をうかがっていた源蔵が振り向く。

その時、「どけ、どけ！」という声がすると、何人かが走っていく足音が聞こえた。

「あれは廓者だ。そろって喧嘩の方に駆けつけていったようだ」

源蔵が立ち上がる。

「やっぱり逃げられるわけないよ」

「じゃ、ここに残るってのか！」

「でも――」

「おい、二人で所帯を持つんじゃなかったのか」

それを言われれば、希美はうなずくしかない。

「さあ、急げ！」

身の回りの物をまとめた風呂敷一つを摑み、希美も立ち上がった。

外では、いまだ源蔵の仲間の芝居が続いていた。

ゆっくりと部屋を出た二人が階下の様子をうかがうと、幸いにして皆は外に気を取られているらしく、二階を警戒する者はいない。二階の各部屋にも客と女郎はいるはずだが、廊下に顔を出す者はいない。こちらも外の騒ぎに気を取られているのだ。

二階の端まで行った源蔵は窓格子を外した。

「そんなに簡単に外れるの」

「さっき厠《かわや》に立った時に枠の釘を抜いておいたんだ」

窓を出た源蔵が屋根に登る。源蔵の姿は一瞬消えたが、すぐに上から腕が伸びてきた。

「この手に摑まるんだ」

「そ、そんな――」

「いいから俺に任せろ」

その言葉を信じて身を委ねると、希美の体はやすやすと引き上げられた。

そこは廓の屋根の上だった。

「怖い」

高いところに登ったことなどない希美は、恐ろしさで足が震えた。

「心配するな。俺の手を放さなければ大丈夫だ」

希美に腕を摑ませると、源蔵は屋根の中心を進んでいく。

「よし、ここだ。下りるぜ」

廓の奥まった場所に着いた二人は下方をのぞいた。そこは廓の塀の外で、雑木林になっている。

「ここは寺の裏の林だ。ここから寺の境内に出れば、港はすぐだ。夜明けになれば大坂行きの船が出る。それに乗っちまえば捕まらねえ」

そう言うと、源蔵は屋根から飛び降りた。

「さあ、受け止めてやるから来い」

「そんな――」

幼い頃は俊敏だった希美だが、長い廓生活で体はなまっていた。

「さあ、飛び込んで来い」

──もう後に引けないんだわ。

源蔵が格子を外した時点で、もう引き返すことはできなくなっていた。

「行くわ」

「よし、来い！」

希美が覚悟を決めて飛び降りると、源蔵が見事に受け止めてくれた。

「ほらな、うまくいったろう」

「ああ、よかった」

──この人と新しい生活をするんだ。

突然、何もかもうまく行くような気がした。

寺は静寂に包まれていた。墓の間を通って境内に出ると、磯の匂いが漂ってきた。

──これで逃げられる。

廓の使用人が客の寝ている部屋に入るのは、遊女を借り上げている時間が過ぎてからになる。源蔵は昼まで希美を借り上げているので、廓が足抜けに気づくのは午後になってからだ。

二人が手を取り合って寺の外に出ようとした時だった。突然、前方の門から複数の龕《がん》灯《どう》が走り込んできた。

「あっ！」

源蔵が慌てて引き返そうとする。ところが寺の本堂の扉が開くと、そこからも多数の龕灯が飛び出してきた。龕灯は一瞬のうちに散開し、源蔵と希美を取り囲んだ。

「捕方か。なんてこった！」

源蔵が匕首《あいくち》を抜く。

「やめて！」

その時、龕灯の後ろから同心らしき人影が姿を現した。

「もうお前らは囲まれている。観念しろ」

周囲を見回すと、捕方が四方を幾重にも取り巻いていた。

「抵抗すれば殺すぞ」

「それでも構わねえ！」

「さすが『軍鶏《しやも》の源蔵』と呼ばれたほどの男だな。度胸が据わっている」

「なんで俺の名を――」

同心が高笑いする。

「博徒のお仲間から、たれ込みがあったのさ」

「そんなはずねえ。みんな俺が救ってやった奴らだ！」

「馬鹿な男だ。博徒というのは金の亡者《もうじや》だ。金のためだったら親だって売る。とくにお前は勝ち続けているから皆に妬まれていた。つまりお前の周りは、密告したがっている連中だらけだったのさ」

同心が高笑いする。

「なんてこった！」

どうやら源蔵が協力を頼んだ博徒の中に、奉行所に密告して小銭を稼いだ者がいたようだ。

「それでも奉行所に見つかったんだから、お前らは幸せだ。廓者に見つかれば、男は殺され、女はひどい折檻を受ける。だから神妙に縛《ばく》に就け」

「うるさい！」

源蔵は希美を背後に隠しながら、匕首を振り回した。だが捕方の輪は徐々に狭まってきている。

「源蔵さん、お役人さんの言う通りだわ。あきらめましょう」

「俺は嫌だ。お前とどうしても一緒になりたいんだ！」

「馬鹿なまねはやめろ。お前らを廓者に引き渡してもいいんだぞ」

「寄るな！」

「仕方ない」

同心が背後に合図すると、暗闇から三基の四方梯子《はしご》が姿を現した。

「やれ！」

捕方が容赦なく二人を押し包む。

次の瞬間、強く手を引っ張られると、希美は源蔵から引き剝がされた。

「源蔵さん！」

瞬く間に三方から迫る梯子に源蔵が取り囲まれる。同時に、希美も捕方に後ろ手を取られ、手首を縛り上げられた。

「源蔵、観念しろ！」

「嫌だ。俺は嫌だ！」

捕方の一人が匕首を持つ源蔵の手首を摑もうとした時だった。鮮血が飛び散った。

「あっ、この野郎！」

腕から血を滴らせながら、捕方の一人が飛びのく。

「源蔵、捕方に手傷を負わせたな。これでお前は永牢だ！」

捕方に手傷を負わせてしまうと、罪は相当重くなる。

「やめろ！」

源蔵を中心にして梯子がぐるぐると回る。遂に源蔵は尻もちをつき、匕首を落とした。

「よし、縛り上げろ！」

捕方が折り重なるようにして源蔵に覆いかぶさる。

「源蔵さん、手向かわないで！」

やがて源蔵は高手《たかて》小手《こて》に縛り上げられた。その顔には、殴打の跡が生々しく残っている。

「ああ、源蔵さん――」

涙にくれる希美の傍らを通り過ぎる時、源蔵が言った。

「いつか必ず迎えに行く。そしたら船に乗って大坂か江戸に行こう」

「ええ、必ず――」

捕方に小突かれながら、源蔵は引っ立てられていった。

――わたしは待っているわ。

この時、希美は待つことを決意した。

その後、廓に戻された希美は、ほかの女郎への見せしめもあり、厳しい折檻を受けた。数日間、小突き回されて眠らせてもらえず、また「風呂に入れる」と称して、水責めにされた。それでも希美は泣き言一つ言わず、折檻に耐えた。

やがて折檻も終わり、希美は仕事に戻された。だが主人からは、「生涯こき使ってやる」と申し渡された。

ところが三年ほど過ぎた頃だった。突然、主人に呼ばれると、落籍《らくせき》の話が来ていると聞かされた。何度も通ってきていた倉敷の豪商からのたっての願いだという。

女郎に否やは言えない。大金を手にした主人は喜んで希美を引き渡した。

「そこから先は、もう志鶴ちゃんに話したね」

「ええ、お聞きしました」

「幸か不幸か豪商の旦那は間もなく死に、御新造《ごしんぞう》さんからいくばくかのお金をもらったわたしは、源蔵さんを待つために古い旅宿を買い取った。それが真なべ屋よ。名前はこの町の沖にある島から取ったの。縁もゆかりもない島だけど、その美しさをみんなが語るので、いつか行きたいと思って、その名を付けたわ。でも結句、行けずじまいだったけどね」

伊都は苦笑すると続けた。

「それからは、源蔵さんが大手を振って牢から出てくるまで、この旅宿を続けねばならないと思い、懸命に働いた。そんな時だったね。あれは――」

伊都の瞳に涙が溢れる。

「何かあったんですね」

「ええ、とても辛いことがね」

伊都が苦しげに唇を噛んだ。

四

その後、真なべ屋は口伝えに評判が上がり、次第に繁盛するようになっていった。そのため伊都一人で切り盛りすることができなくなり、夫婦で働けるという辰三と半を雇った。

当初、辰三と半は町中から通ってきていたので、客たちの夕餉が終わると、笠岡の中心部へと帰っていった。

その日は客がなく、辰三と半を送り出した希美は表戸を閉めようとした。

「希美――」

その時、暗闇の中で声がした。

一瞬、たじろいだ希美だったが、勇を鼓して問うてみた。

「誰――」

「俺だよ」

暗がりから現れたのは源蔵だった。

「あんた、まさか、幽霊じゃないだろうね」

「よせやい。俺は生きているぜ」

外に掲げた提灯《ちょうちん》の灯に照らされたその顔は、間違いなく源蔵のものだった。

あまりに突然のことに、どう感情を表していいか分からず戸口に佇んでいると、源蔵が近づいてきた。

「会いたかったぜ」

源蔵が希美を抱き寄せる。あの懐かしい匂いが鼻腔に満ちる。

「本当に源蔵さんなんだね」

「そうさ。間違いなく俺だ」

「どうしてここを――」

「笠岡の町年寄の旦那が倉敷に寄った時、教えてくれたんだ」

「佐吉親分が――」

「そんな名だったな。佐吉さんとやらは、お前さんのここでの生活も教えてくれた」

牢に面会などという制度はない。面会したい場合は、牢役人に多額の袖の下を渡さねばならない。だから希美は源蔵に会いに行けなかった。しかし希美からその話を聞いた佐吉は、倉敷に行った時、源蔵に会って激励してくれたのだ。

「だから、あんたはここが分かったんだね」

「佐吉さんとやらは、お前さんが俺を待っているから、『しっかり勤め上げるんだぞ』と言ってくれた」

源蔵が希美の髪を撫でる。

「でも、どっかの旦那が落籍してくれてよかったよ。あのまま働かされていたら、お前の身は、ぼろぼろになっちまっただろうからな」

遊女は客から様々な病をもらうことが多いので、その平均寿命は二十代後半だと言われる。

「それで、あんたは解き放ちになったんだね」

解き放ちとは罪の償いが終わり、出牢となることだ。

「話は後だ。まずは湯に入りたい。その後で飯を食べさせてくれないか」

源蔵を迎え入れた希美は、表口と雨戸を閉めて回った。

周囲に人が住んでいないにもかかわらず、希美は声を潜めた。

「あんたに会えるなんて夢のようだよ」

希美が源蔵の胸に顔を埋める。

「俺だってそうさ。もう二度と会えないと思っていた」

少し酒も入ったので、源蔵の顔は火照《ほて》っているように見えた。

「あれから八年も経ったんだね」

「そうか。そんなに長く牢にいたのか」

「確か、あんたは永牢だったよね」

「ああ、そうさ」

風呂に入って、飯を食った源蔵は、煙管に詰めた煙草をうまそうに吸った。

「でも、解き放たれたんだね」

「実は、それが違うんだ」

源蔵によると、倉敷の牢の近くで火事があり、切り放ちになったという。

「なんだって、解き放ちではなく切り放ちで出てきたのかい」

切り放ちとは、牢などに火が近づいた時、奉行の判断で囚人たちを牢から解き放つことを言う。もちろん何日の何時までに戻ってくることを命じ、戻ってきた者には罪一等を減じ、逆に戻らなかった者は死罪に処せられる。

「そうだ。だから倉敷の牢に戻らねばならない」

「いつまでに戻るんだい」

「三日の後さ」

源蔵がため息を漏らす。

「えっ、それじゃ、明日にもここを発たねばならないじゃないか」

「ああ、明日にはここを出て、歩いて倉敷に戻るつもりだ」

笠岡から倉敷までなら、男の足で一日半あれば着く。

「でも戻れば、罪一等を減じてくれるんだろう」

「そう聞いている。それでも出牢できるのは、五年から十年先だろう」

「そんなに先なのかい」

「ああ、世の中は甘くない。せめてあの時、大人しく捕まっていればよかったんだが――」

源蔵が口惜しげに舌打ちする。

「罪が減じられるなら、いいじゃないか。わたしはずっと待っているよ」

「だが、お上のやることはあてにならねえ。罪一等を減じると言いつつも、そのままにされることもあり得るからな」

源蔵が憎悪に顔を引きつらせる。

――源蔵さんは変わった。

八年に及ぶ牢獄での生活が、源蔵を変えてしまったのだ。そこで何があったのかは分からない。だがその顔には、怯えとしか言えない感情が垣間見える。

「牢では、ひどい目に遭ったのかい」

「ああ、でもお前に会えるのを心待ちにしていたから耐えられたんだ」

源蔵が希美を抱き寄せる。

「嫌なことは、すべて忘れたいんだ」

「分かっているよ。でも――」

「お願いだ。忘れさせてくれ」

源蔵が希美の胸に顔を埋めた。

五

一番鶏の声で目覚めた希美は、源蔵のために朝餉の支度をしようと台所に立った。

ようやく起きてきた源蔵は、井戸で顔を洗うと居間に戻ってきた。

「今、考えていたんだがな」

菜を切る希美の背後から、源蔵が頬を寄せる。

「もうすぐ出る船は大坂まで直行するんだってな」

「えっ、どういうこと」

菜を切る手が止まる。

「昨日、船待ち小屋で調べたんだが、今日の午後、どこにも立ち寄らずに大坂まで行く便船があるらしいんだ」

「何を言いたいんだい」

胸の鼓動が高まる。

「大坂まで行っちまえば、雑踏に紛れ込める」

「待っておくれよ。あんたまさか牢に戻らないのかい」

「ああ、このままふけちまおうかと思っている」

「そ、そんな。捕まったら死罪だよ」

「それでも構わねえさ。俺と一緒に行かないか」

「わたしは嫌だよ。ここを出ていくなんて。この宿を放り出したら食べていけないよ」

希美にも生活がある。いくら好きな男と一緒になれても、食べていく方策がなければ出ていくことなどできない。

「俺は、もう耐えられないんだよ」

希美に背を向けた源蔵が、肩を震わせながら言う。

「牢っていうのは、そんなに辛いところなのかい」

「ああ、朝から晩まで何かの労働にこき使われるし、夜になっても牢名主の腰や肩を揉まされる。食い物も半分は牢名主に取られる。何の楽しみもない日々だ」

「だからって――」

その場に突然くずおれた源蔵は、希美の膝にすがりついた。

「もう俺は疲れた。耐えられないんだ。お前と一緒にここにいたいよ」

「ああ、源蔵さん――」

二人が台所で泣き崩れたその時だった。

「ごめんよ」

外から声がした。

「誰だ」

「あれは――、佐吉親分だわ」

「何だと。どういうことだ」

「いつも見回りに来るのよ」

「どうしよう」

「どうしようって、あんた、まさか――」

源蔵が鬼気迫る顔で言った。

「どこかに隠してくれねえか」

その時、再び佐吉の声が聞こえた。

「おかみさん、いねえのかい」

「わたしはいつもこの時間にいるから、出ないわけにはいかないよ」

「分かった。俺は二階に隠れるぜ」

そう言うと源蔵は、抜き足差し足で二階に上がっていった。

「親分、お待たせしました」

源蔵の姿が消えたのを確かめ、希美は表口に向かった。

心張棒を外すと、いつもと変わらぬ笑顔の佐吉が立っていた。

「ちょっと早かったかな」

「いえ、いいんですよ。お客さんがいないんで寝坊していました」

「そうか。そいつは起こして悪かったね」

「構いませんよ」

佐吉が奥の台所の方を見る。

「いい匂いがするじゃねえか」

「やっと起きて朝餉の支度をしていたんですよ。一緒に食べていきますか」

「だって作ったのは、一人前じゃねえのかい」

「あっ、ええ、そうですけど——。佐吉親分がそろそろ来られるんではないかと思い——」

佐吉が笑みを浮かべて言う。

「いいってことよ。港の磯飯屋が開いている時分だからな。俺はそっちで食べるから心配は要らねえ」

そう言い残すと、佐吉は「じゃあな」と言って出ていった。

——しまった。気づかれたかもしれない。

鯵《あじ》の開きが二枚並べられているのは、遠目からでも分かる。

――もしかすると、佐吉親分は様子を見に来たのかもしれない。

倉敷の牢で切り放ちがあったと聞いた佐吉は、源蔵にこの場所を教えたことを思い出したに違いない。それで、もしなべ屋に源蔵がいたら、牢に戻るよう促しに来たのだ。

希美は階段を上ると、「源蔵さん、行ったわ」と告げた。

押し入れの中から源蔵が姿を現す。

「冷や汗が出たぜ。それで何と言っていた」

希美が佐吉とのやり取りを伝えた。

「そうか。倉敷の火事のことは言ってなかったんだな」

源蔵が顎に手を当てて考える。

「本来なら、そのことを伝え、俺が来たらすぐに戻るよう諭すはずだ」

「そうだよ。でも倉敷の火事は大火じゃなくて、牢の近くで火事があったくらいでしょう。それなら切り放ちのことが、佐吉親分の耳に入っていないかもしれないよ」

「ああ、それは考えられる」

その場に胡坐《あぐら》をかき、源蔵が考え込む。

「あんた、何を考えているんだい。早く戻る支度をしなよ。弁当の用意をするからさ」

「いや、待て――」と言うと、源蔵は海に向いた窓を少しだけ開け、港の方を見た。

「やはり、大坂行きの便船が出るようだな」

「そうだよ。ここで潮待ちしながら荷の揚げ降ろしをし、それから大坂に向かうんだよ」

源蔵は身を翻すと、陸側の様子もうかがった。

「どうやら佐吉さんは、俺のことに気づいていないようだ」

「まさか、あんた――」

希美は驚きから声も出せない。

「お前だって、さっき俺のことを告げなかったじゃないか」

「だって、それは――」

希美にも理由は分からないが、なぜかそうしてしまったのだ。

「天が俺に『逃げろ』と言っているんだ」

希美は愕然とした。

「あんた、そんなことを考えるんじゃないよ」

「いや、やはり俺は逃げることにする」

「何だって――」

「落ち着ける場所を見つけたら、必ず知らせる。そこで二人で所帯を持とう」

「逃げ切れるわけないじゃないか」

「いや、大坂に着いちまえばどうにでもなる。だいいち明日の日没が来るまで、追っ手は掛からねえ。その頃は大坂の雑踏の中さ」

源蔵の額から汗が滴る。

「でも、そんなことしたら生涯、お尋ね者だよ」

「分かっている。だがな、俺たち無宿もんは、お尋ね者と何ら変わらぬ扱いを受けてきた。それを思えば、お尋ね者になったところで何も変わらねえのさ」

「馬鹿なことを言うもんじゃないよ。切り放ちの刻限までに戻らなかったら、すぐに追っ手が掛かり、捕まったら磔《はりつけ》にされるんだよ」

「そいつは分かっている」

源蔵の顔に苦しみの色が表れる。

――源蔵さんも迷っているんだ。

希美は、何としても説き伏せねばならないと思った。

「わたしは、あんたをここまで待ったんだ。これからも待てるよ」

「――――」

「あんたが出てきたら、二人で働こうよ。あんたは薪を割ったり、掃除をしたりすればいい。二人でゆっくり年を取っていこうよ」

源蔵が嫌々をするように首を振る。

「俺はもう二度と牢に戻りたくない。たった一夜とはいえ、ここでお前と夢を見ちまったからなおさらだ」

「だからこそお天道様の下を堂々と歩ける身になって、もう一度、二人で夢を見ようよ」

「嫌だ。俺はあんなところに戻りたくねえ。あそこに戻るくらいなら、死んだ方がましだ」

「死んだ方がましだなんて――、何てこと言うんだい」

「もう嫌だ。人生をやり直してえ！」

源蔵が抱きついてきた。それを優しく受け止めると、源蔵が童子《わっぱ》のように泣き出した。

「お前と一緒にいたいよ。ずっとここで暮らしたいよ」

「分かっているよ。きっとそうなれる。だから今は、いったん牢に戻ろう」

「待っていてくれるんだな」

「あんただけを、いつまでも待っているよ」

「その言葉を信じていいのかい」

「ああ、信じておくれよ。ここでずっとあんたを待っているよ」

「ああ、希美――」

希美の胸でひとしきり泣いた後、源蔵が言った。

「分かったよ。お前の言う通りにする」

「本当かい！」

「ここでお前が待っていることを思えば、どんなに辛いことにも耐えられる」

「あんた――」

希美が言葉に詰まる。

「そしていつか、お天道様の下を歩いて、ここに帰ってくる」

「そうだよ。わたしは、いつまでも待っているからね」

「希美、その時はお前を放さねえ！」

源蔵が希美を強く抱き締めた。

六

やがて身づくろいを終わらせた希美は台所に立ち、朝餉を用意した。

出立の支度を整える源蔵に、鯵の干物、鯛のあらの味噌汁、漬物といった簡素な食事を運んでいくと、源蔵が笑みを浮かべて言った。

「お前の作った朝飯か。これほどありがたいものはねえ」

そう言うと源蔵は涙を流しながら、飯をかき込んだ。

やがて出立の時がやってきた。

「じゃ、そろそろ行くぜ」

「どこにも立ち寄らず、真直ぐ行くんだよ」

源蔵が硬い顔つきで草鞋《わらじ》の紐を締める。

「一人で大丈夫だね」

「ああ、心配要らねえ。女についてきてもらうなんて、恥ずかしくてできねえよ」

源蔵は笑おうとしたが、口端をひきつらせただけだった。

「しっかり解き放ちの日を待つんだよ」

「分かってるよ」

ようやく草鞋を履いた源蔵は、唇を真一文字に結んで戸口に向かった。その顔は蒼白で、牢に戻ることがいかに辛いかを物語っている。

「あんた、本当に大丈夫かい」

源蔵は何も答えず、その場に立ち尽くしていた。

「何をやってるんだい。さあ、行くんだよ」

希美が表戸を開けると、室内に外光が満ち、澄んだ空気が流れ込んできた。

「外は明るいんだな」

「そうだよ。今日も晴天だよ」

「晴れていると、外で働かされるんだ」

うわごとのように源蔵が言う。

「今は何もかも忘れ、倉敷に向かうんだよ」

「ああ、そうだな」

その時、港の方から出港を知らせる鉦の音が聞こえてきた。

「便船が船出するのか」

「ああ、そうだよ。でもあんたには関係ない」

源蔵の背を押すと、源蔵は一歩二歩と歩み始めた。

「そのまま北に進めば、倉敷に向かう街道に出る。そしたら、ひたすら東に歩いていくんだよ」

だが源蔵は、何かに迷っているように足が進まない。

「わたしはいつまでも待っているから、しっかりお勤めしておくれよ」

源蔵の足取りは重く、少し行って立ち止まると振り向いた。

「やっぱり行きたくねえ」

「何を言っているんだい。あんたはそんな弱い男じゃなかったろう。博徒の中でも一目置かれた『軍鶏の源蔵』じゃないか！」

「もう『軍鶏の源蔵』はこの世にいねえ。ここにいるのは、ただの負け犬さ」

源蔵が空を仰ぐ。

「そんなことはないよ。あんたの度胸なら何にだって立ち向かえるよ」

「俺はもうかつての俺じゃねえ。牢で土性骨《どしょうぼね》を折られちまったんだよ！」

そこで何があったのか、希美には分からない。だが源蔵は、かつてのように鋭気に溢れた男ではなくなっていた。

――でも、わたしはこの男に惚れている。

「源蔵さん、わたしのために堪えておくれよ」

「もう、あんな暗くて湿ったところに戻りたくねえ」

そう言うと、源蔵の顔が海の方を向いた。

「あんた、しっかりおしよ。あの船はあんたの乗る船じゃないよ」

その時、再び鉦の音が鳴り響いた。

「船が出るのか」

「あんた！」

たまらず外に出た希美が、源蔵の腕を取った。

「あんたの行く道はあっちじゃない。こっちじゃないか！」

源蔵の体を倉敷に通じる街道の方に向けさせようとしたが、源蔵は一歩二歩と港に向かって歩き出した。

「あんた、そっちに行ってはだめだよ」

もう一度取りすがろうとした希美だったが、源蔵に腕を払われた。

「やはり俺は大坂に行く。落ち着いたら連絡を寄越す」

「何を馬鹿なこと言ってるんだい。捕まれば磔にされるんだよ」

「希美、すまない！」

そう言うと、源蔵は走り出した。

「待って！」

希美も源蔵の跡を追う。だが源蔵は飛ぶように石段を下りると、脱兎のごとく桟橋に向かった。そこには今にも渡し板を外そうとしている船子の姿が見える。

「待ってくれ。俺も乗るぞ！」

船子たちが顔を上げて動きを止めた。

「だめだよ。乗せちゃだめだよ！」

希美も声を限りに叫ぶが、船子たちには聞こえないらしく、外そうとした渡し板をそのままにして源蔵を待っている。

「ああ、行かないで！」

源蔵が栈橋に差し掛かろうとした時だった。突然、船待ち小屋の物陰から複数の人影が飛び出した。

「あっ！」

浜の砂に足を取られた希美が、その場に膝をつく。

複数の人影は、源蔵に追いつくと瞬く間に押し倒した。

栈橋の手前で、源蔵が組み伏せられている。

「あんた！」

希美が絶叫する。

その時、こちらにゆっくりと近づいてくる人影が見えた。

「おかみさん、大丈夫か」

「佐吉親分――」

「こんなことになるんじゃねえかと思っていたんだ。だからここで張ってたのさ」

「ああ、親分――」

胸底から絶望が込み上げてくる。

源蔵の方を見ると、後ろ手に縄掛けされて動けなくなっている。

「源蔵さんを、お役人さんに突き出すんですね」

「ああ、そうなるだろうな」

佐吉の言葉が冷たく響く。

「どうか、見逃してくれませんか」

「こればかりは仕方ねえ。お上が決めたことだからな。でもな——」

佐吉がにやりとした。

「倉敷の牢役人に突き出すつもりだ」

「えっ、どういうことですか」

「倉敷に野暮用ができてね。そのついでに源蔵を送り届けることにしたんだ」

「送り届けるって、まさか——」

「ああ、牢役人には、逃げ出そうとしたんで捕まえたなんて言いやしねえ。何人かで奴を囲んで倉敷の牢の前まで連れていき、そこで別れるだけさ」

希美にも、ようやく佐吉の言っている意味が分かった。

「親分、つまり源蔵さんを、刻限までに牢に送り届けていただけるんですね」

「そういうことだ」

「ああ、親分、どうしてそこまでしていただけるんですか」

希美が感涙に咽《むせ》びながら問う。

「そのことか」

佐吉が苦笑いを浮かべる。

「俺も馬鹿な男だ。奴がいなければ、惚れた女が自分のものになるかもしれねえ。だがな、心底その女が好きなら、惚れた女の喜ぶ顔が見たくなるもんさ」

希美には言葉もなかった。ただただ、佐吉への感謝の気持ちでいっぱいだった。

「親分、何とお礼を申し上げていいか――」

「いいってことよ。これも仕事のうちだ」

その時だった。

「親分！」

桟橋の前で源蔵を取り押さえていた下役が、佐吉を呼んだ。

「何でえ」

「親分、たいへんだ！」

その言葉に異変を察知した佐吉が走り出す。

「いったい何が――」

希美には何があったのか分からない。だが佐吉の様子から、何か予期せぬことが起こったのは間違いない。

得体の知れない胸騒ぎがして、希美も佐吉の跡を追った。

源蔵が押さえつけられている場所に近づいていくと、源蔵がだらりと首を垂らしていることに気づいた。

——ま、まさか！

その時、下役が源蔵の肩を摑んで体を引き起こした。

「あっ、ああ——」

源蔵の口の周囲は血みどろになっていた。

「なんてことをしたんだ！」

佐吉が源蔵の顔を起こすと、口から何かがこぼれ落ちた。

「ああ、源蔵さん！」

源蔵に取りすがろうとした希美の目の前に、源蔵の舌が落ちた。

「おい、源蔵！」

佐吉が肩を揺すったが、源蔵は白目を剝いて事切れていた。

希美はあまりのことに声も出なかった。

七

伊都の長い話が終わった。

「源蔵さんは早まったんですね」

志鶴の瞳に涙が溢れる。

「そういうことになるね。逃げようとしたところを捕まったんだから、これで源蔵さんは生涯、牢から出られないと思ったんだろう。それで絶望して舌を噛んだんだ」

「ああ、可哀想なお方――」

「いいえ、源蔵さんは弱かったのさ。だから己に負けた――」

涙が止《と》め処《ど》なく流れてきた。

「それから、わたしは抜け殻のようになっちまった。それでも潮待ちの船は着く。もう待っている人は来ないけど、お客さんはいらっしゃる。だから気を取り直して仕事に励んだんだよ」

「そうだったんですね」

「そしたら志鶴ちゃんが来てくれた」

「わたしなんか――」

伊都が強い口調で言う。

「何を言ってるんだい。あんたが来なかったら、わたしの人生はどれだけ味気なかったか。それを思うと、あんたは天からの授かり物だよ」

「ありがとうございます」

志鶴が涙を拭う。

「志鶴ちゃん」

伊都が志鶴を見据える。

「わたしが死んだら、あんたは、ここから出ていこうと思っているね」

「そ、そんなことありません」

「女郎は相手の心を読めなければ、客が付かないんだよ」

伊都は少し笑うと、真顔で続けた。

「三界《さんがい》（世界）を知るのはよいことだ。こんな狭いとこに閉じ込められ、わたしと似たような人生を歩むのなんて真っ平なのも分かる」

「そんなこと、考えてもいません」

「いいから聞きなよ」

伊都の白い腕が、志鶴の袖を摑む。

「あんたの気持ちも分かるけど、世間様は甘くない。どこかで誰かにこき使われて生きるなら、ここであんたの力を存分に発揮したらどうだい」

「でも、ここは――」

「余計な心配をしなくていいよ。わたしには身寄りもいない。女衒に売られた時に縁を切られたも同然だからね。だからわたしが死んだら、一切合切をあんたにあげる。もう遺言も証文も書き残して佐吉親分に預けてあるんだよ」

志鶴はそのことを全く知らなかった。だから人手に渡ったこの宿で働くくらいなら、どこかで新たな人生を歩もうと思っていたのだ。

「おかみさんは、そこまでわたしのことを――」

「この宿を続けられないと思ったら、売り払っても構わない。それから新たな道を歩み始めればいいさ。でもそれまでは、ここにいてもいいんだよ」

「おかみさん――」

「ここを出ていくのも、ここで誰かを待つのも、あんたが決めればいいよ」

「おかみさん、そうします」

志鶴が手を取ると、伊都は強くうなずいた。

「わたしには女としての幸せはやってこなかったけれど、好いた人を待ち続けることができて幸せだった。あんたも、この宿で誰かを待つことになるかもしれない。しかもその誰かはやってこないかもしれない。でも、それならそれでいいじゃないか」

「わたしも、誰かを待つことになるんでしょうか」

「それはあんたが決めることさ」

伊都は満足そうに微笑むと、ゆっくりと目を閉じた。


この後、志鶴の懸命な看病も報われず、伊都の病状は坂道を転がり落ちるように悪化していった。そして数日後、伊都は静かに息を引き取った。

伊都の死を看取った志鶴は、「お疲れ様でした」と言って伊都の遺骸に一礼すると、外に出てみた。

伊都が亡くなった日の空は晴天で、海は穏やかだった。ちょうど二隻の弁財船《べざいせん》が帆に颪をはらんでどこかに行くのが見えた。

――この世は何事もなかったように続いていく。

志鶴にとって、これほど悲しいことはなかったが、世の中の人にとって、伊都の死は取るに足らないことなのだ。

今にも宿の中から、「志鶴ちゃん、そろそろ船が着くよ。お客さんを引きに行って」という伊都の声が聞こえてきそうな気がする。

だが、もう伊都はいないのだ。

――わたしがこの宿を守っていく。

伊都の残してくれたこの宿と一緒に人生を歩んでいくことを、志鶴は心に誓った。

紅色の折り鶴

一

笠岡の冬は暖かい。古老によると、北方に連なる中国山地によって冬の季節風が遮られるので、瀬戸内海沿岸地方に寒気が流れ込まないからだという。だが稀に、気まぐれな北風が山地の上空を通過してくることもある。そんな時、瀬戸内海は普段とは違った顔を見せる。

——あっ。

心張棒を外して戸を開けると、外の光景がいつも見るものとは一変していた。何もかもが白一色なのだ。

このところ寒い日が続くと思っていたが、まさか雪が降るとは思ってもみなかった。志鶴がこの宿に来た翌年かその次の年、雪が降ったことが一度だけあった。その時は薄絹を掛けた程度で、積もるほどではなかったが、志鶴は雪を集めては固め、団子のようにして食べたのを覚えている。

この日、雪は宿の前庭一面に降り積もっていた。外に出てみると、いつになく寒気も厳しい。志鶴は何げなく雪をすくい手の平に載せた。だが雪は体温で瞬く間に解けてしまう。

その時、雲間から朝日が差し、白一色の庭を照らした。雪は澄んだ光を浴び、きらきらと輝いている。志鶴は子供の頃のように胸が弾むのを覚えた。

明治十三年（一八八〇）二月、志鶴は三十五歳になっていた。

――さあ、今日も一日が始まる。

志鶴が宿の中に戻ろうとすると、坂の下から黄色い声が聞こえてきた。

――あれは美鈴《みすず》ちゃんの声ね。なんて早起きなの。

坂の方に目を向けると、幼い美鈴を先頭にして、三つの人影が現れた。

「志鶴ちゃん、起きていたかい」

「佐吉親分、朝早くからご苦労様です」

背後に続く老婆を気遣いながら、佐吉が坂を上ってくる。

「志鶴ちゃん、これ――」

走ってきた美鈴が小さな手の平を開くと、そこは湿っているだけで何もなかった。

「美鈴ちゃん、雪は握ると解けちゃうのよ」

その意味がすぐに分かったのか、美鈴は雪をすくうと「じゃあ、これ」と言って再び志鶴に差し出した。

「ありがとう。お利口さんね」

美鈴から雪を受け取っていると、ようやく佐吉親分が追いついてきた。

「最近は足腰が弱ってきたので、この坂を上るのもしんどいよ」

佐吉も六十代に差し掛かり、一日十里（約四十キロメートル）は歩けたという自慢の脚力も衰えつつあるようだ。

「親分、無理しないで下さい。お芳《よし》さんも大丈夫ですか」

「ええ、まだ何とかね」

お芳は佐吉の亡母の妹で六十の坂を越えている。孫の美鈴と一緒に笠岡の郊外に住んでいるが、市のある日に野菜を売りに笠岡までやってくる。お芳一人の時は野菜が売れ残ることもあったが、美鈴を連れてくるようになってからは、すぐに売り切れてしまうという。

笠岡まで歩いて来ると、二人の足では日が暮れるまでに帰れないので、その日は佐吉の家に泊まり、翌朝になってから帰途に就いていた。

「どうしたんですか。こんな朝早くに連れだって」

佐吉が「やれやれ」といった様子で言う。

「朝起きたら、この有様だろう。美鈴がはしゃいで、『志鶴ちゃんとこに行きたい』と」

しきりに言うんでね」

「そうだったんですね」

「志鶴ちゃん、これきれい」

美鈴が志鶴の着ている着物の端を摑んで言う。

「ああ、これね。昔ここに住んでいた志鶴のおかあさんからもらったのよ」

志鶴は、伊都のことを「おかあさん」と呼んだ。

――一度でも、そう呼んであげたかった。

子のない伊都にとって、志鶴から「おかあさん」と呼ばれれば、どれだけうれしかったか分からない。

佐吉がしみじみとした顔で言う。

「あいつは、その藤鼠色の地に白鼠の露芝が描かれた着物が、とくにお気に入りだったな。こうして見ていると、あいつが帰ってきたような気がするよ」

佐吉の声が上ずる。込み上げてくるものを堪《こら》えているようだ。

「海はこっち」

美鈴がお芳の手を引いて宿の南側に向かった。その後ろ姿を見送りながら、佐吉が煙管《キセル》を取り出し、煙草を詰め始めた。

「親分、何なら中で待ちますか」

「いや、ここでいいよ」

南側の崖際に出た美鈴とお芳は、海を指差しながら何事か話している。

「志鶴ちゃん、もう聞いているかい」

「えっ、何をですか」

「あさひ楼のことだ」

あさひ楼とは、笠岡に唯一残った女郎屋だ。

「何かあったんですか」

「先日、官憲がやってきて勧告をしていったとさ」

「勧告って――」

「たあちゃんに店を閉めろと言ったらしい」

「どうしてそんなことを――」

「公序良俗に反するとかで、政府の意向だとさ」

細々と続いてきた笠岡の遊女街にも、明治政府の「芸娼妓解放令《げいしょうぎ》」が及んできたのだ。

笠岡の遊廓の経営は厳しく、これを機に、たあちゃんも廃業の意思を固めたのだろう。

「でもそんなことされたら、たあちゃんやあそこで働く女性たちが食べていけなくなります」

「たあちゃんによると、政府がなけなしの堪忍《かんにん》料を出してくれるそうだ」

佐吉の横顔は寂しげだった。

志鶴が子供の頃は、船が寄港する度に多くの客がやってきた。その頃、伏越小路には
あさひ楼のほかにも女郎屋が軒を連ね、夜ともなれば客を引く声が絶えなかった。女郎屋に泊まれなかった「あぶれ客」が、真なべ屋に泊まることも多く、互いに持ちつ持たれつの関係だった。ここ最近はそうした関係もなくなっていたが、唯一の女郎屋がなく

なれば、笠岡に泊まっていこうという客も、いっそう減るのは明らかだった。

「ここのやりくり（経営）はどうだい」

「わたし一人が食べていくのでやっとです」

「そうか――」

佐吉がその場にしゃがんだので、志鶴もそれに倣った。

「何もかも変わっていくんですね」

「ああ、変わらないものなんてありゃしない」

佐吉は、さもうまそうに煙管を吸っている。

「でも、佐吉さんは変わらない」

「いや、俺も変わった。もう昔の佐吉じゃねえ。ここにいる佐吉は――」

佐吉がため息交じりに煙を吐く。

「蟬の抜け殻のようなもんさ」

「そんなこと言わないで――」

十年ほど前に亡くなった伊都のことを思い出し、志鶴も悲しくなった。

「あいつが死んだ時、俺も死んだ。だから残る生涯は、この町のために尽くそうと思った。だが、もう体が言うことを聞いてくれねえ。そうなれば役立たずの老いぼれさ」

佐吉が自嘲する。

「何を言っているんですか。おかみさんだって、そんな佐吉さんを見たくないはずです」

「そいつは分かっているさ。でもな――」

佐吉が肩を落とす。

――佐吉さんにとって、おかみさんのいない現世《うつしょ》など空しいものでしかなかった。でも町のために残る生涯を費やそうとしたのだ。

身近にいたからこそ、佐吉の思いは痛いほど分かる。

「志鶴ちゃん、幸せを逃したらいけねえ。待っているもんが来たら摑み取るんだ」

「でも、そうしたら何かを待つ生きがいを失うのでは――」

「いいや、その時は新たに待つものができる。俺にはできなかったがな」

佐吉にとって、伊都を失った痛手はそれほど大きかったのだ。

「佐吉おじちゃん、志鶴ちゃーん」

その時、美鈴の呼ぶ声が聞こえた。

「いま行きますよ」

そう答えた志鶴は、佐吉と一緒に雪を踏みしめながら海の見える場所に向かった。

「あの子も可哀想ですね」

「美鈴のことか。そうだな。三つの時に母親が死に、父親の勝蔵《かつぞう》が男手一つでは育てられないとなり、母親の実家に預けてから、かれこれ二年か」

「もうそんなになりますか」

「ああ、なんでも勝蔵は上方で染め物職人をしているらしいが、二年の間、ただの一度も顔を出さねえとさ。それでも美鈴は勝蔵に会いたくて、今でも明日には来るか、明後日には来るかと待ち続けている」

——かつてのわたしと同じだ。

志鶴には美鈴の気持ちがよく分かる。

「志鶴ちゃん、見て」

美鈴が指差す先を見ると、雪の間から小さな蕗《ふき》の薹《とう》が蕾を膨らませ、わずかに黄色い花弁をのぞかせていた。

「あっ、蕗の薹ね。よく見つけたね」

「うん。緑色してるからね」

すでに美鈴は次の蕗の薹を探すべく、雪をかき分けていた。

「もうそこまで春が来ているのね」

志鶴の一言に美鈴が顔を起こす。

「春になると、父ちゃんが帰ってくるんだよ」

「えっ」と言って驚く志鶴の耳元で、佐吉が言った。

「どうやら勝蔵は、この子あての手紙に、『春になったら会いに行く』と書いていたらしいんだ。まったくその気もないのに、罪作りなこった」

あどけない笑みを浮かべる美鈴の姿を、いつしか志鶴は、かつての己の姿に重ね合わせていた。

それを察したのか、佐吉が言う。

「そういえば志鶴ちゃんも、ここに来た当初は故郷に帰りたがっていたな」

「そうでしたね。あの時は、故郷にもう帰れないなんて思ってもみませんでした」

志鶴の父親も、志鶴を真なべ屋に預けていったきり、二度と現れなかった。その後、風の噂で一家の動向を聞きはしたが、志鶴は次第に関心を失っていった。

――もうあそこは、わたしのいる場所ではない。

いくつの時か忘れたが、ふとそう思った時、生まれ故郷も志鶴を取り巻いていた親兄弟も、夢の中の存在になった。

その時、何人かが坂を上ってくる靴音が聞こえてきた。

二

先頭に立ち、サーベルをじゃらじゃらさせながら走ってくるのは、笠岡に置かれた交番所（後の駐在所・派出所）に勤める四等巡査の神田《かんだ》市之進《いちのしん》だ。

市之進は笠岡の出身ではないが、生真面目な性格で何事にも真剣に取り組むので、町の人から信頼を得ていた。市之進はかつての佐吉のように、巡回と称して、しばしば真なべ屋に顔を出していた。むろん志鶴も、そんな市之進を憎からず思っていた。

市之進の背後からは、ステッキをつきながら初老の紳士がついてくる。志鶴には見覚えのない顔だ。

二人を見た美鈴は、「おっかい、おっかい」と言いながら、南側から東側の庭へと走り去った。お芳が「これこれ、危ないよ」と言いながら美鈴を追っていく。

坂を上ってきた市之進と紳士に志鶴が問う。

「どうしたんですか。こんな雪の日に」

「すいません。京都から来られたお客様を案内してきました」

志鶴と佐吉が顔を見合わせる。

「ご無礼仕《つかまつ》る」

武士言葉でそう言った紳士は山高帽を取ると、名札（名刺）を佐吉に差し出した。

「ここの旦那様ですな」

「いや、俺はただの町年寄、いや今は身を引いたので、元町年寄さ」

「ということは、この宿の主は——」

「こちらが女主人だ」

佐吉が志鶴を指し示す。

「そうでしたか。では、これを——」

そう言って志鶴にも名札を出した。

そこには、「京都烏丸押小路《からすまおしこうじ》上ル　讃岐屋《さぬきや》本店執事　角野《かくの》茂造《しげぞう》」と書かれていた。

佐吉が戸惑ったように言う。

「讃岐屋さんと言えば、京都でも指折りの豪商じゃねえか」

「えっ、讃岐屋をご存じで」

讃岐屋は江戸時代中期から栄えた呉服屋で、今でも手広く商いを営んでいる。

「当たり前だよ。それで讃岐屋さんが、この旅宿に何の用だい」

「実は、主人の隠居所となりそうな場所を探しておりまして——」

「つまり讃岐屋の主人が、ここを買いたいというんだな」

薄くなった髪に塗り付けた油を誇示するかのように、角野が頭を下げる。

「ええ、そうなんです」

その時、初めて志鶴は、これが他人事ではないと気づいた。

「そのお方は、どうしてここを」

「何でも若い頃に行商をしていて、何度かここに泊まったそうです。それで、ここからの眺めが素晴らしかったと申すのです」

「そうだよ。ここから眺める瀬戸内海は日本一の美しさだ」

佐吉の言葉を無視して、角野が志鶴に問う。

「それで、ここはその時にいらしたおかみさんの所有とうかがっていましたが、あなた様は娘さんですか」

「ええ、まあ」

複雑な事情を話しても長くなるだけなので、志鶴は言葉を濁した。

「そうでしたか。おかみさんは、お亡くなりになったんですね」

志鶴がうなずく。

その時、初めて市之進が口を開いた。

「すいません。わたしは『売り物ではないから無駄足になる』と言ったのですが、この方が『話だけでもさせてくれ』と仰せで――」

「何も売らないとは決めちゃいねえ」

佐吉が志鶴の顔を見ながら言う。

「なあ、志鶴ちゃん」

「あっ、はい」

「そうでしたか。それはよかった。主人も喜びます。主人は、この建物を壊して豪壮な隠居所を造りたいと申していています。何ならあなた様も、そこで働けるよう周旋しますが――」

「そんなことは、まだ考えなくていい」

「あっ、申し訳ありません」

どすの利いた佐吉の声に、角野がたじたじとなる。

「それで、いくらで買いたい」

「主人は土地と合わせて千円（現在の三百五十万円～四百万円）でどうかと――」

「千円だと――」

佐吉の顔色が変わる。

「ここにはそれだけの価値があると、主人が申しておりました。確かにここは、瀬戸内海を一望できる理想的な立地にありますね」

「志鶴ちゃん」と言って佐吉が志鶴に視線を据える。それは、かつてのように鋭いものだった。

「たいへんありがたい申し出だが、どうするかは志鶴ちゃん次第だ」

「はい」

「売りたくなければそれでいい。だが売る売らないは、志鶴ちゃんがこれからの人生をどう生きたいかによって決まってくる。すぐに結論を出さず、じっくり考えるんだな」

「ええ、そうさせていただきます」

角野が志鶴に言う。

「わたしの立場で言うのも何ですが、これは悪い話ではないと思います」

「それは分かっている」

佐吉が制する。

「ここは少し時間をくんな」

「分かりました。わたしの連絡先は名札に書いてあります。ただし、ご返事は二月末までにいただきたいんです」

「随分とせっかちだな」

「はい。主人は行商をしていた関係で、各地に目星をつけた場所があります。こちらをお譲りいただけないとなると、別の場所を探さねばなりません」

「そういうことか。委細は承知した」

「では、わたしはこれで失礼します」

角野は一礼すると、山高帽をかぶった。

「何卒、よろしくお願いします」

「さあ、角野さん、もう行きましょう」

市之進が角野を促すようにして去っていく。

二人の影が見えなくなると、佐吉が言った。

「志鶴ちゃん、千円といえば大金だ。一生遊んで暮らせるとは言わねえが、それなりにまっとうな暮らしができる。それに——」

佐吉の顔が曇る。

「ここのやりくりを考えると、この先、明るいことが待っているとは思えねえ。かつては人で溢れ返っていたこの町も、今じゃ昼でも歩く人のまばらな老人の町になっちまった。こんな町に若いもんがしがみついていても、ろくなことはねえ」

——この町の繁栄は、おそらく二度と戻らない。この町は老人のように衰えていき、最後は住む者さえいなくなるかもしれない。

今はまだ何とかなるにしても、この先、客が来なければ志鶴は食べていくのにも困り、結局、真なべ屋を手放すことになる。その時、角野が提示した金額など望むべくもない。

「売り買いというのは難しいもんだ。ほしい人がいる時が売り時だ。売りたい時に買ってくれる者は買い叩こうとするので、ろくな額にはならねえ」

佐吉の言う通りだと、志鶴も思う。だが真なべ屋には、志鶴の母親代わりとなってくれた伊都の思い出が詰まっている。

――でも、それだけじゃない。

真なべ屋を手放すことで、志鶴は何か大切なものを失う気がしてならなかった。それは伊都の思い出だけでなく、志鶴自身が生きてきた証《あかし》でもあるからだろう。真なべ屋という寄る辺があってこそ、志鶴は大地に足を付けて、これからも生きていける気がした。

「少し考えさせて下さい」

「そうだな。それがいい。俺だって真なべ屋がなくなるのは寂しい。わずかだが年寄りの常連客もいる。だが、そんなことを考えていたら埒が明かねえよ。大切なのは志鶴ちゃん――」

佐吉が真剣な眼差しを向ける。

「あんたの人生だ。それだけを考えて決めるんだぞ」

その時、美鈴とお芳が戻ってきた。

「志鶴ちゃん、大丈夫」

「うん、大丈夫だよ」

美鈴は子供なりに、志鶴と佐吉が難しい顔で話し合っているのを遠目から見て心配していたようだ。

「あっ、洟《はな》が出ちゃったね」

美鈴は頬を真っ赤にして、鼻水を垂らしていた。志鶴は手巾《しゆきん》を取り出すと、しゃがんで美鈴の洟を拭ってやった。

「こうして見ていると、本当の親子のようだな」

佐吉が感慨深そうに言うと、お芳もうなずいた。

「そうだね。志鶴ちゃんが母親になってくれたら、この子にとってどんなによいか」

「わたしには母親なんて務まりません」

「そんなことないよ。この子には母親が必要なんだ。わたしじゃ、もう体が弱って面倒が見られないし、何と言っても読み書きや算盤ができないだろう。この子は賢いので、それが残念でね」

お芳が目を伏せる。

明治になってから教育令が発布され、教育の機会は万民に平等に与えられることになった。だが実際の教育は個々の家族に任されていた。そうなると読み書きを教えられる親の存在の如何によって、子供の将来が決まってくる。

佐吉が笑みを浮かべる。

「志鶴ちゃんは子供の頃から賢かった。読み書き算盤も達者だった。美鈴も志鶴ちゃんに似ているところがあるから、どこかで習わせてやりたいんだが――」

志鶴の父親は志鶴を下女として真なべ屋に預けたが、伊都は小寺塾という笠岡でも有数の寺子屋に通わせてくれた。そのおかげで志鶴は読み書きや算盤が達者になり、長じてから随分と役に立った。

佐吉もお芳も美鈴を小寺塾に入れたいのだろうが、入塾するには最低限の読み書きができなければならない。

志鶴が明るい声で言う。

「さあ、今日は便船が着くので、そろそろ支度を始めます」

「おっと、そうだったな。これは長居しちまった」

「いえいえ、気にしないで下さい。どうせ今日の便船にも、お客さんはいらっしゃらないでしょうから」

便船と聞き、佐吉の顔が曇る。

「そういえば、大阪と下関を行き来する便船も、いよいよなくなると聞いたが――」

「ええ、そうなんです。ちょうど今日の午後に着く下関発と、明日の午後に着く大阪発の船が、笠岡に寄る最後の便船になると聞きました」

江戸時代中頃まで、笠岡には大規模な廻船業者が数軒あり、手広く商売を営んでいた。しかし志鶴が笠岡にやってきた安政元年（一八五四）頃から、ほかの港との競争が激しくなり、取扱量が半減していた。しかも東の水島や西の鞆の浦と違い、笠岡は地形的に引っ込んだ位置にあるため、立ち寄るには楕円を描くように岸沿いを進まねばならない。それでも陸地の見える海しか航行しない和船なら問題はないが、今は同じ帆船でも竜骨を備えた西洋船が主流となり、陸地が見えない海でも航行する。そのため笠岡は、便船の寄港地から外されることになった。

便船が着かないとなると、真なべ屋の経営がいっそう苦しくなるのは明らかだった。

「じゃ、行く。何かあったら呼んでくれ」

「ありがとうございます」

志鶴が深々と頭を下げると、佐吉がお芳と美鈴を促すようにして帰っていった。

その後ろ姿を見送りながら、志鶴は自分にも転機が訪れつつあることを覚った。

三

午後になって下関からやってくる便船が入ったので、志鶴は港まで客引きに行ったが、便船自体が閑散としており、真なべ屋に宿泊する客はいなかった。笠岡にはほかに宿らしい宿はないので、数少ない船客は、この後に便船が寄港する倉敷にでも泊まるのだろう。

自分の食べる分だけ魚を買った志鶴は、宿に戻る途次、近道をして伏越小路を通ってみた。

かつては女郎屋が軒を連ね、客引き女の声が朝まで聞こえていた伏越小路も、今は閑散としており、往時の面影はない。

あさひ楼の前に差し掛かると、たあちゃんが店の前にいた。

「あっ、志鶴ちゃん」

たあちゃんが足を引きずりながら近寄ってくる。たあちゃんは数年前に軽い中風を患い、それ以来、足が不自由になっていた。しかも数年前まで先笄《さっこ》に結っていた髪も、今は白髪交じりの法界坊（五分刈り頭）にしている。

「たあちゃん、あさひ楼を閉めるんですって」

「そうなのよ」

少女の頃、志鶴はたあちゃんが怖かった。しかし長年接することによって、その優しさを知り、また客足が遠のいていくという同じ境遇にあることから、親近感を抱くようになった。

たあちゃんが寂しげな顔で言う。

「いよいよ、うちの番が来たわ。ほかの店がすべて閉まった後も、うちだけは何とかやってこられた。女の子たちの生活も掛かっているから、最後の一人がやめるまでやっていくつもりだった。でも、お上からやめろと言われたら抵抗のしようがないわ」

女の子といっても、すでに四十の坂を越えた女郎しか残っていない。

「そうだったんですね。とても残念です」

「仕方ないわ。文明開化の時代だからね」

たあちゃんがため息をつく。

「これから、どうするんですか」

「女の子たちの身の振り方は決まったから一安心よ」

たあちゃんによると、あさひ楼で働く女郎たちは、倉敷や鞆の浦の料亭などの下女として雇ってもらえたという。

「それはよかったですね。で、たあちゃんはどうするんですか」

「田舎に引っ込もうかと思ったけれど、もう兄弟や知り合いもいないしね。ここを売れば多少の蓄えもできるから、どこかの裏長屋にでも住んで余生を送ろうと思ってるわ」

「まだ笠岡にいるんですね」

「そのつもりよ」

「よかった」

「そう言ってくれるのは志鶴ちゃんだけよ。昔と違って最近は、あたいも白い目で見られるようになったわ」

——それが文明開化なの。

明治になってから、人々は文明開化の洗礼を浴び、西洋諸国のような清潔な町作りを目指すようになった。そのため女郎屋のような町の闇を一身に担ってきた存在は、忌み嫌われるようになった。あさひ楼もその煽りを食らったのだ。

たあちゃんがぽつりと問うた。

「志鶴ちゃんはどうするの」

「どうするって――」

「今朝方、お客さんがいらしてたでしょう」

笠岡は小さな町なので、噂が広がるのは速い。

「はい。真なべ屋を売らないかと言われました」

「やはりそうなのね。で、どうするの」

「まだ決めかねています」

「そうなの。真なべ屋は眺めのいい場所にあるから、高く売れていいわね」

志鶴は曖昧な笑みを浮かべるしかなかった。


たあちゃんと別れて真なべ屋に戻ると、雪の残る前庭で、市之進がうろうろしていた。

「市之進さん、どうしたんですか」

「あっ、いや、あの、実は本部から連絡が入りまして――」

「えっ、本部って言われても、わたしに何のかかわり合いがあるんですか」

市之進は好人物だが、志鶴の前では物事をはっきり言えないので、さすがの志鶴も焦《じ》れてくる。

――このままじゃ、佐吉親分と同じ。

佐吉は毎日のように真なべ屋に来て、伊都と話し込んでいた。だが遂に言うべきことを言えなかった。市之進の性格では、その二の舞になることは間違いない。

——わたしも待たされた挙句、年老いていくのね。

志鶴は内心、ため息をついた。

「いや、それが明日、警察本部の方々が笠岡にやってくるというので、朝餉の手配をしておけと命じられまして」

「朝餉の手配——、ということは、警察の方々がうちに来られるんですか」

「はい。長引くと泊まるかもしれません」

「何のために」

「それはちょっと——」

市之進が言葉を濁す。おそらく警察の上層部から口止めされているのだろう。

「で、何人くらい来られるんですか」

「ここに何人入れるか、逆に聞かれました」

どうやら警察関係者が大挙してやってくるらしい。

「無理すれば二十人は入れますけど」

「それはよかった。笠岡の港の近くで朝餉を出すところは、もうここくらいしかありませんからね」

港の近くに磯飯屋はあるが、警察幹部の入るようなところではない。

「でも二十人分の食事の支度など一人ではできないので、手伝いを探さねばなりません。

今日の明日で見つかるかどうか――」

伊都が死んでから、宿が満室になることなどめったになかったので、誰かを手伝いに雇うこともなかった。そのため心当たりはない。

「わたしでよろしければ手伝います」

「えっ、あなたが――」

志鶴は市之進の顔をまじまじと見た。

「わたしの両親は倉敷で料亭をやっているので、子供の頃、盛り付けや配膳を手伝わされました」

「あっ、そうでしたね」

「では、本部に手配がついたと言ってもいいでしょうか」

「ええ、でも、いついらっしゃるの」

「明日の夜明けには着くと言っています」

「となると、仕込みや支度は今夜から始めなければ。まず今夕に魚を仕入れ、夜明け前から支度を始めます。それでもよろしいですか」

「あっ、はい」

市之進は少し戸惑っていた。警察の宿舎が遠いので、夜明け前にここに戻るとなると、たいへんだからだ。

「何なら、泊まっていっても構いませんよ」

「いや、天気もよさそうなので、どこかに野宿します」

――仕方のない人ね。

そんな生真面目さが市之進のよいところでもあるのだが、志鶴には焦れったかった。

「いいから泊まっていきなさい」

「ありがとうございます」

それで話は決まった。


その日の夜は、朝一番で警察関係者を迎え入れるための仕込みなどで大わらわとなった。市之進は「着替えを取ってくる」と言って、いったん姿を消した。

――明日、警察の方々が泊まるとなると、最後の便船で来られた常連さんに申し訳ないことになる。

もしもそうなった時、どう謝ろうか志鶴が考えていると、「おい、いるかい」と外から声が掛かった。

「あっ、親分」

心張棒を外すと、佐吉が大柄な体を入れてきた。

「一人かい」

「ええ、実は明日――」

「市之進から聞いた」

「そうでしたか」

佐吉が深刻な顔をしていることに、ようやく志鶴も気づいた。

「どうしたんですか」

「いや、明朝、岡山から警察のお偉いさんたちが大挙して来ると市之進が言うんで、その理由を問い質《ただ》したんだ」

「あっ、そうだったんですか。でもわたしには、話さなくても構わないですよ」

「分かっている。だがそれが、俺たちにもかかわることなんだ」

「えっ、どういうことですか」

佐吉が小声になる。

「実はな、お芳さんがもう一泊していきたいと言うんで、俺はもちろん快諾した。しかし野菜を売りに来て笠岡に二泊するなんてことは、これまでなかった。それで、その理由を問い質したんだが、どうにも話したがらねえ。過去の仕事柄、そこに何かあると感じた俺は、お芳さんをうまく問い詰めたんだ」

佐吉は思い出したように愛用の鉈豆煙管《なたまめ》を取り出すと、慣れた手つきで細刻みを詰め始めた。

「そしたらな、美鈴の父親の勝蔵から手紙が来て、明日の最後の便船で笠岡に寄るので、美鈴を連れてきてほしいと書かれていたというんだ」

「それでお芳さんと美鈴ちゃんは、佐吉さんの家に二泊するんですね。でも美鈴ちゃんと長く一緒にいられて、よかったじゃないですか」

「そういうことじゃねえんだ」

煙を吐き出しながら、佐吉の顔が苦渋に満ちる。

「実は、勝蔵は警察の連中が来るのと関連しているんだ」

「どういうことですか」

佐吉は煙管を置くと語り始めた。

「あれは昨年の九月のことだった」

明治十二年（一八七九）九月十五日の早朝、大阪にある藤田《ふじた》組《ぐみ》の経営者・藤田伝三郎《でんざぶろう》の邸宅に警察が踏み込んだ。

藤田組とは長州藩領の萩出身の藤田伝三郎が設立した商社のことで、維新後に山県有朋や井上馨の知遇を得た藤田は、長州閥の御用商人のようになっていた。

とくに西南戦争において、被服・軍靴《ぐんか》・食料・武器などの納入を一手に引き受けたことで巨万の富を築き、藤田組を三井・三菱に匹敵するほどの大会社に成長させていた。

一方、明治十年（一八七七）の西南戦争、翌年の大久保利通暗殺事件によって薩摩閥の衰退は著しく、最後の牙城《がじょう》となっていたのが川路《かわじ》利良《としよし》大警視率いる東京警視本署（後の警視庁）だった。

川路らは勢力挽回の機会をうかがっていた。

そこに起こったのが「藤田組贋札《がんさつ》事件」だった。

西南戦争の直後、大阪税務署が租税として徴収した二円紙幣の中から、大量の贋札が見つかった。その贋札は極めて精巧で、外国製の印刷機で刷られたものと判明した。しかしそれが誰によって刷られ、どれくらいの量の贋札が市中に出回っているのかは見当もつかない。それ以降も、同種の贋札は畿内の租税納入金の中から見つかり、このまま放置すれば、深刻なインフレーションを招いてしまう可能性が高まった。

大蔵省出納《すいとう》局から東京警視本署に捜査の依頼が入り、大蔵卿の大隈重信からは、二万円（現在の七千万円〜八千万円）もの捜査費が融通された。

こうしたことが公にされると、藤田組の長崎支店長をしていた木村真三郎《きむらしんざぶろう》という男が名乗り出てきた。木村は伝三郎に認められ、若くして藤田組の要である長崎支店を任されたが、横領の疑いで解雇されていた。

木村によると、井上馨が官費でドイツに外遊した際、ドイツ製の印刷機を使って大量の二円紙幣を印刷し、それを藤田組が日本に運び込んだという。木村は長崎支店に贋札が運び込まれるのを目撃しており、偽の紙幣も数枚持っていた。

それだけならまだしも、今度は印刷機を部品に分解して輸入し、国内で刷ろうということになった。木村は分解された印刷機も見ていた。

警察は藤田組からその関係する会社はもとより、廃屋や畿内の農家の納屋まで探ったが、肝心の印刷機は見つからない。しかも藤田組は、自社の決済には一切の贋札を使っていなかったので、その線でぼろが出ることもなかった。

ところが内偵を進めるうちに、一人の人物が浮かび上がった。

四

そこまで話が及び、志鶴もようやく気づいた。

「一人の人物って、まさか――」

「ああ、どうやら勝蔵が贋札作りに一枚噛んでいるらしいんだ」

「つまり警察は、笠岡で勝蔵さんを待ち伏せるということですね。でも、どうして」

「まあ、聞きなよ」

佐吉が渋い顔で先を続けた。

警察の内偵は多岐にわたり、その一つが色に詳しい職人を探し出すことだった。色彩というのは極めて微妙で、紙幣の絵柄をまねるよりも同じ色を出すことの方が難しい。警察は絵師、彫刻家、活版技術者まで当たったが、事件にかかわりのある人物は見つからない。そうした中、絵師の一人から染料の話を聞き、染め物職人を当たり始めたところ、その中の一人に旧長州藩領出身者がいた。

勝蔵である。

そこで警察が勝蔵の家を訪れたところ、突然、逃げ出し、雑踏の中に紛れ込んだという。警察は勝蔵の行方を捜したが、遂に見つからなかった。

だが勝蔵の住んでいた長屋の中から、身分不相応な京人形が出てきた。しかもそれは節句人形で贈り物の包装がされたままだったので、近々、勝蔵が誰かに会い、それを贈るつもりではないかと推測できた。そこで警察は勝蔵に子供がいないか調べたところ、一人娘が笠岡の義母に預けられていることが判明したという。

「でも、その船に勝蔵さんが乗っているという確証はないんでしょう」

「ああ、ない。だが陸路を行けば間違いなく捕まる。長州に逃げ込みたいなら船を使うしかないというわけさ。しかも——」

佐吉が紫煙をくゆらせながら言う。

「美鈴の言葉がどうにも引っ掛かってな。勝蔵が『春になったら会いに行く』と書いた手紙を美鈴に出したってことは、元々、こちらに向かうつもりでいたんだろうな」

——つまり勝蔵は、明日の船便に乗る予定でいたところ、前日に現れた警察に連れていかれそうになり、慌てて逃げ出したに違いない。

人というのは、物事が「あとわずか」というところまで行った状態で異変が起こると、恐慌を来《きた》してしまう。おそらく明日には美鈴に会えると楽しみにしていたところに警察が現れ、勝蔵は慌ててしまったに違いない。しかも勝蔵は、笠岡に寄る最後の便船を使うつもりでいたのだろう。

「藤田組としては、まず職人たちを旧長州藩領に送り込み、続いて畿内のどこかにある印刷機を分解して送り、贋札作りを続けるつもりでいたんだろう。だが、その前に警察に追いつかれてしまったんだろうな」

「すべては符合するんですね」

「ああ、そうだ。勝蔵は事情もよく分からず末端で働かされていた職人だろう。だが贋札作りは大罪だ。牢から出てくる頃には美鈴も妙齢になっている。だから勝蔵に会わせてやろうと思ってな」

「じゃ、港に美鈴ちゃんを連れていくんですね」

「ああ、むごいことかもしれねえが、これから何年も会えねえんだ。だから連れていき、ありのままを見せる。そして真なべ屋で、対面の時間をもらおうと思っているんだ」

佐吉が決然と言った。それが考えに考えた末の決断だと察せられる。

その時、「志鶴さん」と言いながら戸を叩く音がした。

「あっ、市之進さんです」

「あれ、今日は市之進が泊まっていくのかい」

「ええ、今夜はお客さんがいませんから」

「それはよかった」と言いながら佐吉が立ち上がる。

志鶴が戸を開けると、大笊《おおざる》を抱えた市之進が立っていた。

「あっ、佐吉親分——」

「邪魔したな」と言いながら、佐吉が出ていく。

市之進と一緒に佐吉を見送ってから、志鶴が市之進の袖を引いた。

「いいから入って」

笊を受け取った志鶴が市之進を招き入れる。

「すいません」

「あっ、真蛸《まだこ》が入っていたのね」

真蛸はまだ生きており、笊から逃れようと足を伸ばしている。

「こいつの頭を押さえながら運んでくるのがたいへんでした」

市之進は手の臭いを嗅いで顔をしかめている。

「それに針魚《さより》に鰆《さわら》が獲れたのね」

「はい。これだけあれば何とかなるかと――」

「二十人分の朝餉は、これで大丈夫」

そう言いながら志鶴は台所に行くと、真蛸を網袋に入れた。

制服を脱いで腕まくりした市之進は、水桶から水を汲んで手を洗っている。

「さて、やりますか」

「佐吉親分から聞いたわよ」

「えっ」

「美鈴ちゃんの父親を捕まえるために、警察のお偉いさんたちが来るんでしょう」

市之進がばつの悪そうな顔をする。

「佐吉親分は美鈴ちゃんを連れてくると言っていたわ。あなたたち警察は、美鈴ちゃんの目の前で父親の勝蔵さんを捕まえるのね」

「法律に反したことをしたんです。致し方ありません」

「でも、次の停泊地の鞆の浦で捕まえることもできるでしょう」

市之進が沈黙で答える。

「どうして、そんなむごいことをするの」

「これも仕事です。わたしは巡査にすぎません。すべてを決めるのは上です」

「そんな、ひどいわ――」

魚をさばきながら、志鶴が思わず嗚咽を漏らす。

志鶴にとって父親は憧れだった。自分の父親から捨てられたも同然の仕打ちを受けたからこそ、父親に対する憧憬は大きかった。

――わたしだったら耐えられない。

父親に会う機会がその時しかないとはいえ、そんなみじめな父親の姿を見たくはない。

「志鶴さん、分かって下さい」

市之進が悲しげな顔で言う。しかし志鶴は、市之進の態度にも反発を覚えた。

「そうやって、あなたたちは民をいじめてきた。これじゃ、お侍さんの時代と何ら変わらないじゃない」

「そんなことはありません。われわれは、この国から犯罪をなくすために――」

「嘘よ。末端の職人を捕まえてどうするというの」

「そこから大物が手繰《たぐ》れるんです。そうすれば勝蔵さんも釈放されます」

「その前に拷問で口を割らそうとするでしょう」

明治時代に入っても、警察は公然と拷問まがいの行為をしていた。

「だからといって、わたしにはどうすることもできないんです」

「せめて、ここでは捕まえないで」

志鶴の瞳から大粒の涙がこぼれる。

「志鶴さん」

背後から近づいてきた市之進が、志鶴の肩を抱く。まさか市之進がそんな大胆な行動に出るとは思わなかったので、志鶴も動揺した。

「力足らずで申し訳ありません」

市之進が声を震わせる。

「でも、できるだけのことはさせていただきます」

——この人は、この人なりに職務と感情の狭間《はざま》で苦しんでいるんだわ。

志鶴にも市之進の辛い思いは分かる。

「捕まっても一泊か二泊は笠岡の留置場に入れられます。その時、夜勤となるのはわたしなので、罪を認めて誰に依頼されたかを正直に告げるよう、勝蔵さんを説得します。そうすれば拷問に遭わずに済みます」

「何があっても手荒な真似だけはしないで」

「分かっています。わたしが勝蔵さんを守ります」

「あの子のためにお願いよ」

「ああ、志鶴さん――」

背後から肩を抱いていた市之進が、志鶴を優しく向き直らせた。

市之進の精悍な顔が目の前にある。

「志鶴さんは、どうして他人のことを、そんなに心配するんですか」

「どうしてって――、人として当然のことじゃない」

「わたしは――、わたしはそんな志鶴さんが好きです」

感極まったのか、市之進が志鶴を抱き締める。

「志鶴さん、どうか一緒になって下さい！」

「本気で言っているの」

「はい。本気です」

「わたしは、あなたより六つも年上なのよ」

「そんなこと、どうでもよいことです」

市之進の力が強くなる。

遠くで聞こえていた潮騒が近づいてくるような気がした。

――この人と一緒になりなさい。

突然、潮騒の中から伊都の声が聞こえた。

――わたしが幸せになってもいいんでしょうか。

記憶の中の伊都がうなずく。

伊都は女の幸せを摑めなかった。そんな伊都への気兼ねが、これまで志鶴の許に舞い込んでくる縁談を断る理由だった。だが、もう伊都が亡くなってから十年が経つのだ。

――もう待たなくてもいいのよ。

伊都の声がはっきりと聞こえる。突然、志鶴の目の前にかかっていた霧が晴れた。

――わたしも幸せになっていいんですね。

市之進に視線を据えると、志鶴は言った。

「市之進さん、いいわ」

「えっ、本当ですか」

「一緒になりましょう」

市之進の瞳は、真直ぐに志鶴を見つめていた。

――この人なら大丈夫。わたしを幸せにしてくれる。

先ほどまで控えめだった潮騒は、もはや波濤が砕け散るような音となり、耳の奥で響いていた。

五

夜が明けると、岡山から警察官たちがやってきた。便船は午後になってから着くので、朝餉を食べてからでも十分に間に合う。

市之進が「どうぞ、こちらへ」と言って、お偉いさんらしき人たちを居間に案内してきた。

志鶴が朝餉を運んでいくと、皆で舌鼓を打って食べ始めた。

そこに佐吉がやってきた。

「分署長さん、お役目ご苦労さんです」

そう言いながら世間話をした後、佐吉が切り出した。

「勝蔵を捕まえたら、少しでいいんで、娘と別れを惜しませてやってくれませんか」

佐吉より二回りは若い分署長が、とたんに渋い顔になる。

「さような願いが聞き届けられる時代ではない」

「そこを何とかお願いします」

佐吉が分署長に鋭い眼光を向けると、分署長が気圧《けお》されたようにうなずいた。

「仕方ないな。少しだけだぞ」

「ありがとうございます。では、捕まえた後、ここで皆様はご休憩下さい。その間に対面を済ませます」

「よかろう」

交渉が終わり、その場を後にした佐吉を追いかけた志鶴は、庭で佐吉に追いついた。

「佐吉親分、やはり対面させるんですね」

「ああ、辛い別れになるが、あの子のために会わせる」

佐吉は唇を噛むと言った。

「それじゃ、美鈴を連れて桟橋に行っている。後で来るかい」

「はい。その時、美鈴ちゃんを抱き締めてあげたいので」

「その時、か」

佐吉が苦い顔をする。

「志鶴ちゃんは優しいな。市之進が羨ましいよ」

「えっ」

「二人の様子を見れば、すぐに分かる。それくらいのことが分からなければ、町年寄なんてできねえよ」

頬を朱に染める志鶴を残し、佐吉は笑みを浮かべて去っていった。


午後になった。朝餉の片づけを済ませた志鶴は港まで出掛けていった。市之進は幹部たちを案内し、すでに港に向かっている。

志鶴が港に着くと、浜辺には真なべ屋で朝餉を取った二十人余の上級警察官だけでなく、岡山から大勢の巡査が来ていた。それだけで、この事件の大きさが分かる。

港には、何事かと多くの人たちが詰めかけてきていた。その中には佐吉、お芳、そして美鈴の姿も見える。

やがて便船が姿を現した。

——いよいよだわ。

緊張が高まる。

便船はいつもと変わらず、桟橋に着けられた。同時に何人かの巡査が桟橋の先に向かって走っていく。

渡し板が渡され、警察官と船子《ふなこ》が何かのやりとりをしている。

やがて十人ばかりの船客が降りてきた。彼らは周囲を取り囲まれるようにして、港に隣接する会所に連れていかれた。それと入れ違うようにして、巡査たちが船に入っていく。内部を臨検するのだ。

船客が傍らを通り過ぎていく。

美鈴の方を見ると、きょとんとしているだけで何も言わない。

志鶴は三人に近づくと、佐吉に問うた。

「会所に行かなくてもいいんですか」

「いや、それがね、どうやらあの中に勝蔵がいないらしいんだ」

「お芳さん、いま連れていかれた人たちの中に、勝蔵さんはいないんですか」

「うん。いなかったね」

「父ちゃんはいないよ」

美鈴もはっきりと言う。

「どうやら見込み違いだったようだ」

元々、いくつかの状況証拠を踏まえた見込み捜査なので、外れても驚くにはあたらない。

志鶴は胸を撫で下ろした。

やがて人々は三々五々、港を後にした。その背には、捕り物が見られなくて拍子抜けした気持ちが、はっきりと表れていた。

「お芳さん、美鈴を連れて先に真なべ屋に行ってくんな。俺は志鶴ちゃんに話がある」

「あいよ」と答えて、お芳が美鈴の手を引いていく。

それを見届けた佐吉は、二人が去った方向とは違う道に志鶴を誘った。

「ひとまず、これで安心だな」

「ええ、よかったです」

「ところで、決心はついたかい」

佐吉が話題を転じる。

「真なべ屋を売ることですか」

「ああ、そうだ。もう一人じゃねえんだろ。お節介かもしれねぇが、志鶴ちゃんにも人生の転機が訪れている。それを逃しちゃいけねえ」

「親分、でもわたしは――」

「いいかい。誤解するなよ」

佐吉は歩を止めると、真剣な眼差しで言った。

「おかみさんの残した真なべ屋のことを考えて、幸せを逃しちゃいけねえ。俺は──」

佐吉は躊躇した後、思いきるように言った。

「志鶴ちゃんに、俺とおかみさんのようにはなってほしくねえんだ」

「佐吉さん──」

「俺は、おかみさんの気持ちを慮《おもんぱか》って、いつまでもぐずぐずしていた。そしたら、あいつは先に逝《い》っちまった」

佐吉が嗚咽を堪えるかのように唇を噛む。

「いいかい。志鶴ちゃんはここまで待ち続けた。だから幸せが舞い込んできたんだ。市之進はいい男だ。もう待たなくていい。二人で幸せを摑み取りなよ」

「ありがとうございます」

「おかみさんが逝っちまった時、俺はどれだけ悔やんだかしれねえ。二人になった時、あいつを抱き締めて『一緒になってくれ』と言うだけでよかったんだ。あいつもそれを待っていた。だが、そんな簡単なことが、俺にはできなかった」

二人の因縁を知るだけに、志鶴には佐吉の気持ちが痛いほど分かる。

「親分、わたしは決めました」

「やはり、売るんだな」

「はい。真なべ屋を畳んで市之進さんを支えます」

「そうか。それがいい」

佐吉は泣き笑いしていた。

二人が真なべ屋に着くと、お芳がぽつんと一人で立っていた。

首をかしげながら佐吉が問う。

「あれっ、美鈴はどうしたんだい」

「どうもこうもないんだよ。途中まで来たら、あんたらを呼びに行くと言い、わたしの手を放して走っていっちまったんだ」

「俺たちがいつもと違う道を使ったんで、行き違いになったんだな」

「わたしが捜してきます」

「そうか。俺は膝も痛むんで、志鶴ちゃんに頼んでいいかな」

「大丈夫です」

志鶴が港へと向かう道を急いでいると、あさひ楼の前にたあちゃんがいた。たあちゃんは梯子に乗り、残った女郎たちに足元を支えさせていた。

「あっ、志鶴ちゃん。そんなに急いでどこに行くの」

「港に戻ります。美鈴ちゃんを見掛けませんでしたか」

「ああ、親分のところにいる娘さんね。さっき港の方に駆けていったわよ」

「ありがとうございます」

たあちゃんは、大木の断面に「あさひ楼」と大書された自慢の看板を下ろしていた。

「これだけは残しておきたいの。だってあたいの生きた証だもの」

たあちゃんが女郎たちに語り掛けている声が、背後で聞こえた。

やがて港に着いたが、美鈴の姿は見えない。

――どこに行ったの。

美鈴は地元の子ではないので、道に迷ったのかもしれない。

「志鶴ちゃん、どうした」

顔なじみの漁師が声を掛けてきた。

「女の子を見掛けませんでしたか」

「ああ、野菜売りの子かな」

「そうです」

「その子なら、さっき船の方に走っていったよ」

「えっ、船って」

「あの便船さ」

漁師の指差す先には便船が停泊していた。便船は、乗客が警察から解放されるのを待っているらしい。

「ありがとうございます」と言うと、志鶴は速足で桟橋に向かった。

もう少しで渡り板まで達しようとする時、船長らしき人に手を引かれて美鈴が現れた。

「美鈴ちゃん、ああ、よかった」

「あれっ、あんたがこの子の親かい」

船長らしき人物が首をかしげる。

「いいえ。お世話になっている方の身内のお子さんなんです」

「そうか。じゃ、後は任せたよ」

「いったい、どうしたんです」

「この子が船に入ってきちまったんだ。それで大捕物さ」

船長が白い歯を見せて笑う。

「そうだったんですか。申し訳ありませんでした」

「いいってことよ」

船長は船の中に戻っていった。

「美鈴ちゃん、どうしたの」

「船の中に父ちゃんがいると思ったの」

「それで入ったのね。でもいなかったでしょ」

美鈴がうなずく。

「みんな待っているわよ。もう行こう」

志鶴は美鈴の手を引いて港を後にした。美鈴はいかにも名残惜しそうに、幾度となく船の方を振り返っていた。

六

やがて西日が強くなり、夕方が近づいてきているのが分かった。

真なべ屋に連れ帰ってすぐ、美鈴は寝入ってしまった。それでしばらく寝かしておこうということになり、佐吉とお芳と世間話をしていると、市之進が戻ってきた。

「お疲れ様」

「いや、とんだ見込み違いでした」

市之進も安心したのだろう。涼やかな笑みを浮かべると、居間に上がってきた。

佐吉が機嫌よさそうに言う。

「まあ、こういうこともあるってもんだ。岡山の連中は無駄足だったな」

「はい。乗客を一人ひとり取り調べたんですが、みんな四十歳以上なのは明らかだったので、通り一遍の質問をして終わりました」

「そうだったのか。それで、もう客は船に戻したのかい」

「はい。とっくに戻して岡山の方々は会所で一休みしています。便船の方はすぐにでも出たいようでしたが、海が荒れてきたので、地元の人たちは『待った方がよい』と言っていました」

確かに、風が強くなってきたのか家の軋む音が聞こえてくる。

「美鈴ちゃんは眠ってしまったんですね」

市之進の問いに志鶴が答える。

「連れ帰ったら、あっという間に寝てしまいました。疲れていたんでしょう」

「そうか。可愛い寝顔だね」

市之進が頭を撫でると、美鈴が寝返りを打った。その拍子に、手に握っていた何かが落ちた。

お芳がそれを拾う。

「あら、これは小さな折り鶴だね。どこでもらったんだろう」

「さあ、わたしも気づきませんでした」

佐吉がそれを受け取りながら言う。

「随分といい色が出ているな。こんなきれいな紅色は見たことがない」

佐吉から回されてきた折り鶴を志鶴が受け取る。

「本当にきれいね。誰からもらったんでしょう」

隣に座る市之進にそれを渡そうとした時、市之進の顔が強張っているのに気づいた。

「見せて下さい」

志鶴から折り鶴を奪うと、市之進は震える手の平にそれを載せ、目を皿のようにして見つめた。

「おい、どうしたんだい」

「それが——」

市之進が真剣な眼差しで言う。

「岡山に入ってきた話では、勝蔵さんは独自の紅色を編み出し、贋札を作るのにその紅色が必要なので、無理に一味に入れられたと聞きました」

「それがこの折り鶴と、どう関係してるってんだい」

佐吉の問いが終わらないうちに、市之進は立ち上がった。

「これをお借りします」

「市之進さん、どこへ行くの」

それには答えず、市之進は慌てて靴を履くと、血相を変えて真なべ屋から出ていった。

三人は唖然としてその後ろ姿を見送ったが、佐吉の顔が険しいものに変わった。

「何かあるな」

志鶴が首をかしげる。

「何かって何ですか」

「美鈴が持っていた折り鶴は、誰も見ていないよな」

志鶴とお芳が顔を見合わせてうなずく。

「さっき志鶴ちゃんは、美鈴が船から出てくるのを見たと言ったね」

「は、はい」

「ということは、美鈴はあの折り鶴を船の中で手にしたことになる」

「そうですね。帰途に道端で何かを拾うような仕草はしていませんでした」

佐吉が腕組みをして考え込む。

「そうか、分かった。勝蔵は客じゃねえ。船子に化けていたんだ」

「えっ、そんな」

「美鈴が船内に入ったのは偶然だろう。そこで船子に化けた勝蔵と再会した。それで折り鶴をもらったんだ」

「でも船子たちは、身元も確かな者ばかりじゃないんですか」

「いや、船長の裁量でどうにでもなる」

佐吉が立ち上がろうとしたが、膝が痛むのか顔をしかめた。

「親分は、ここにいて下さい」

「いや、後から追いかける。志鶴ちゃんは先に行ってくれ」

お芳がおろおろしながら問う。

「みんな、どうするんだい」

それを無視して佐吉が言う。

「志鶴ちゃん、船に行って、すぐにでも出帆するよう伝えるんだ」

「えっ、いいんですか」

「構わねえ。とりあえず勝蔵を逃がそう」

「分かりました！」

志鶴は真なべ屋を飛び出した。

港まで走っていくと、ちょうど便船が帆に風を受けて港を出ようとしていた。

――よかった。これで勝蔵さんは逃げられる。

船長もぐるなら、おそらく鞆の浦には寄らずに、旧長州藩領の港まで直行するはずだ。

鞆の浦に用がある客には、平身低頭して謝礼でも握らせれば何とかなる。

その時、砂塵の舞い踊る浜に警察官たちが飛び出してきた。

「あの船を止めろ！」

分署長が大声を上げる。

「船を用意しろ！」

ちょうど、鯛釣り用の大型漁船が着いており、警察官たちは勝手に乗り込もうとして、漁師たちともみ合いになっている。

「市之進さん！」

志鶴の存在に気づいた市之進が駆け寄ってくる。

「志鶴さん、許してくれ。これがわたしの仕事なんだ！」

風の音が凄まじいので、二人は怒鳴り合うように会話した。

「でも、どうして！」

「話は後だ！」

そう言うと市之進は駆け去った。

しばらくして話がついたらしく、鯛釣り船が桟橋を離れた。船上の警察官たちは拳銃などを点検している。

――ああ、どうしよう。

志鶴が茫然としていると、佐吉が追い付いてきた。海から吹いてくる烈風が、佐吉の白い鬢《びん》を震わせる。

「船は出たのか！」

「それが――」

志鶴が事情を説明すると、佐吉の顔が曇った。

「鯛釣り船は、小型だが船足は速い。じきに追い付かれる」

「ああ、なんてことに――」

志鶴と佐吉は、無言で荒れ始めた海を見ていた。

半刻（約一時間）ほど経ってから、岬の端から二隻の船がやってくるのが見えてきた。二隻は太縄でつながれているので、便船が海上で拿捕されたのは明らかだった。

港内に入り、二隻の船は太縄を解かれ、それぞれ桟橋に着岸した。

船長らしき人物が、後ろ手に縛られて連行されてくる。その背後には分署長が得意げに続く。さらに後方には、警察官に囲まれるようにして船子たちが連れてこられた。最後に乗客が疲れた顔で降りてきた。

――市之進さんは、勝蔵さんはどうしたのかしら。

ようやく最後尾から、悄然《しょうぜん》とした市之進の姿が見えてきた。

勝蔵らしき人物の姿はない。

「市之進さん」

「あっ、志鶴さん」

市之進は志鶴と佐吉の前に立つと、消え入るような声で言った。

「たいへんなことになってしまいました」

佐吉が顔色を変える。

「いったいどうしたんだ」

「それが、もう少しで便船を捕まえられると思ったら、勝蔵さんが――」

市之進が言葉に詰まる。

「だからどうしたってんだ！」

「それが――、飛び込んじまったんです」

「何だって！」

志鶴と佐吉が顔を見合わせる。

「申し訳ありません！」

市之進が直立不動の姿勢で頭を下げる。

「それで助けられなかったのか」

「ええ、この荒れ方ですから、勝蔵さんはすぐに波間に没し――」

「二度と姿を現さなかったんだな」

「はい。その通りです」

――なんてことなの。

志鶴に言葉はない。

海は荒れ狂い、獣のような咆哮《ほうこう》を上げ始めていた。

七

四人が意気消沈して黙りこくる中、美鈴だけが穏やかな寝息を立てていた。

「美鈴は父ちゃんに会えたんだ。それだけでもよかったじゃないか」

お芳がしんみりと言う。

「船の中で、勝蔵さんに会って話ができたんでしょうね」

志鶴の問いに佐吉が答える。

「ああ、そうだ。それで紅色の折り鶴をもらったんだ。きっと勝蔵は『必ず迎えに行くから、もう少し待っていてくれ』とでも言ったんだろうよ。だが会ったことは、固く口止めされたに違いねえ」

佐吉が続ける。

「まさか船長が長州藩閥の息のかかった者だったとはな。だが船長は勝蔵を下関に送り届けることだけを依頼され、贋札のことは一切、知らされていないようだ」

志鶴が皆の茶碗に茶を注ぎつつ言う。

「つまり贋札事件は、勝蔵さんの死で、うやむやになってしまうんですね」

市之進がうなずく。

「どうやらそのようです。船長は大阪に連行されますが、分署長は『あいつは何も知らない』と言っていました」

佐吉が煙管をふかしながら言う。

「しかしお前さんも、よくぞ気づいたな」

「はい。特殊な紅色を出せる職人という話が引っ掛かっていたんです」

市之進が紅色の折り鶴を皆に見せる。

佐吉が口惜しげに言う。

「そうか。この折り鶴さえ美鈴に与えなければ、勝蔵は逃げおおせたわけか」

「そういうことになります。わたしがそれに気づかなければよかったんですが――」

市之進が首を垂れると、志鶴が言った。

「仕方なかったのよ」

「どうしてだい」

「勝蔵さんは、この折り鶴を誰かに見つけてもらいたかったのかもしれない。このまま故郷に戻って、やりたくもない贋札作りに手を貸さねばならないことに耐えられなかったのよ」

「そう言ってくれるのかい」

「ええ、きっとそうよ」

二人が視線を交わす。

お芳が言う。

「でも、可哀想なのはこの子よ。これでわたしが死んだら、この子はどうなるの」

「俺が面倒をみる」

佐吉が言い切ったが、お芳は首を左右に振った。

「でも、あんたもいい年だよ。しかも若い頃から酒と煙草を欠かさないから、体の調子も思わしくないじゃない」

確かに佐吉は、ここのところ衰えが著しい。

「まあ、それを言われちゃ、形無しだな」

「この子は賢い。でもこのままなら、わたしと同じで猫の額ほどの畑を耕し、野菜を売るだけの人生になっちまう」

――そんなことはさせられない。

小寺塾に通っていた頃、多くの子供たちが親の事情で学業を断念せねばならない場面に、志鶴は出くわしてきた。その中には、手習いが好きでとても賢い子もいた。志鶴は子供心に残念でならなかった。

「待って下さい」

思わず口を突いて言葉が出た。

「佐吉親分はもうご存じですが、市之進さんとわたしは夫婦《めおと》になります」

「えっ、それは本当かい」

お芳が驚く。

「それで、よろしければ――」

志鶴が市之進を見る。それだけで分かったのか、市之進がうなずく。

「わたしたちが、この子を引き取ります」

お芳が啞然とする。

「何だって――」

佐吉が問う。

「他人の子だぜ。いいのかい」

「子供に他人も何もありゃしません。わたしと市之進さんが自分の子だと思えば、その時から自分の子です」

「志鶴さん、いや志鶴の言う通りです。美鈴ちゃんは、われわれの子として育てます」

勝蔵の死に責任を感じていた市之進は、美鈴を育てることで罪を償いたいと思っているのだろう。

「本当にいいのかい」

「もちろんです。もう心配は要りません」

お芳が涙ぐむ。

佐吉がお芳の肩を抱く。

「でも、お芳さんは寂しくなっちまうな」

「そんなことないよ。わたしが笠岡に野菜を売りに来れば、いつでも会えるんだもの」

志鶴がお芳の背をさする。

「そうですよ。会いたい時はいつでも会えます。美鈴ちゃんには、わたしが読み書きを教え、大きくなったら塾にも通わせますから、ご心配は要りません」

「ああ、よかった」

「それと、あと一つ皆さんに伝えたいことがあります」

皆の視線が志鶴に注がれる。

「よく考えたんですが、真なべ屋は売らないことにしました」

「何だって」

佐吉が目を見開く。

「ここが、わたしたち家族の家です。たとえ貧しくても三人が力を合わせれば、必ず幸せになれます」

市之進がうなずく。

「そうだ。その通りだ」

「でも、ここを売っても幸せにはなれるぜ」

「そうかもしれません。でも、お金なんてどうでもいいんです。朝起きて戸を開けて、ここから笠岡の海を見下ろすことは、何物にも代え難いものだからです」

「そうか。言われてみれば、その通りだな」

佐吉もうなずく。

「角野さんからお話をいただき、わたしは、あらためてこの地の素晴らしさに気づいたんです。わたしは生涯ここでお客様を待ち続けます」

「その覚悟ができたんだな」

「はい」

宿の仕事は人を待つことだ。その宿がなくなれば、志鶴の生きがいもなくなる。

――わたしは死ぬまでお客様を待ち続ける。

待つことで、志鶴は人として成長し、幸せを得てきた。だから、これからも待つことを続けようと思った。

佐吉が膝を叩く。

「よし、分かった。角野には俺から断りを入れておく」

「ありがとうございます」

佐吉が南の方に顔を向けて言った。

「おっ、いつの間にか日が差してきたようだぜ」

すかさず市之進が立ち上がり、南側の障子を開け放った。それにつられるように、志鶴たちも南側の広縁に出た。

先ほどまでの荒れ方が嘘のように、瀬戸内海は穏やかな光に包まれていた。

橙色から紅色に変わりつつある夕日は、今にも右手の海に沈もうとしている。

佐吉が言う。

「確かに、こいつは何物にも代え難い眺めだな」

「はい。家族とこの眺めがあれば、ほかには何も要りません」

志鶴は夕日に向かって誓った。

——きっと幸せになってみせる。そして二人を幸せにしてみせる。

その時、四人と一緒に、伊都も夕日を眺めている気がした。

——おかみさん、これからもずっと一緒ですよ。

夕日は、笠岡の町と海を紅色に染め上げていった。

謝辞

この作品を執筆するにあたり、甚大なご協力を賜りました岡山県笠岡市の皆様には、謹んで御礼申し上げます。とくに大学時代の友人であり、数度にわたる現地取材に同行いただいた山本聡氏には、お礼の申し上げようもありません。

またストーリー原案の作成にご助力いただいた誉田龍一様と板嶋恒明様に謹んで御礼申し上げます。

さらに出版前に本作の読書会を開催し、ご参加いただいた方々から様々な意見をいただきました。この場を借りて参加者各位に御礼申し上げると同時に、公表に同意いただいた方々のお名前を掲載させていただきます。

伊賀直城、稲田卓、今泉恵孝、川島崇、木村晋、櫻井由里子、佐藤かなこ、島田琴弥、正本景造、進藤玉子、杉田純平、仙石美世、平将人、高橋亜樹子、玉木造、中橋和貴、早見俊、福留峻平、古川昌孝、三輪和音、元井佐代子、森山髙至、山崎功史、吉田範子、渡辺勝彦
（※五十音順／敬称略）


本作に登場する主な事件や人物は架空のものであり、作品はフィクションです。

解説

内田俊明

『潮待ちの宿』は、瀬戸内海の港町・笠岡（現・岡山県笠岡市）に生きる庶民の姿を描いた、安政六年（一八五九年）から、明治十三年（一八八〇年）にわたる物語である。旅宿「真なべ屋」で働く志鶴と、彼女を見守る女将の伊都、笠岡の町年寄の佐吉を中心に、さまざまな立場、境遇の人々が登場する六つの人情話で構成された、連作短編集の形式がとられている。どのエピソードも、当時の庶民の生活と感情がいきいきと描き出された名編であるが、それにとどまらず、江戸期から明治期への転換にあたる時代が舞台となっていることにより、失われゆくものへの哀惜や、新たに生まれるものへの希望が、いろいろな形で物語に反映されている。

本編より先に、書店の店頭でこの解説をお読みになっている方には、まず、最初のエピソードである「触書の男」をためし読みしていただくことをお勧めする。私はこれを、最初に発表された「オール讀物」誌の二〇一六年十二月号で読んだのだが、意表をつくストーリー展開の面白さもさることながら、何よりも、志鶴のけなげさ、ひたむきさ、聡明さに、たちまち引き込まれ、すっかり感情移入してしまった。

志鶴の美点はそれだけではない。幼いころに生家から離されて、真なべ屋の伊都のところにやってきた、弱冠十四歳の彼女だが、真なべ屋で働くことに、しっかりと誇りや責任をもっているのである。そこに、凜とした美しさを感じた。

そんな志鶴を温かくも時には厳しく、母のように見守るのが、真なべ屋の美しい女将・伊都。商売人の男たちが行き交う港町の宿屋を、そつなく切り盛りする才女だが、実は、誰にも語ることができない過去をもっているようだ。伊都を想っているらしい町年寄の佐吉も、それを知ってか知らずか、伊都とは一定の距離をもって接している。伊都の過去に何があったのかも、物語の気になるポイントだ。


「触書の男」をお読みいただいた方は、本書を書店のレジにそのままお持ちになると確信するので、この解説の役割もここまでということになるのだが、せっかくなので、その先のエピソードも、物語の興趣を損なわない範囲で、紹介していく。

「追跡者」……幕末の著名人である河井継之助が登場し、「触書の男」とはまったく違うトーンで物語が展開する。新時代への夢を熱く語る河井に、ひけをとらないほどの志鶴の聡明さが印象的。

「石切りの島」……「触書の男」に名前のみ登場する佐吉の弟・弥五郎をめぐる、活劇要素の強いエピソード。絶体絶命のピンチに陥った志鶴が、どう危地を脱するかが読みどころ。

「迎え船」……長州藩の志士たちと、真なべ屋の人々が、一瞬の交流を持つ。時代のはざまにあるがゆえの悲哀が胸に迫る一編。

「切り放ち」……謎であった伊都と佐吉の過去が語られる。本書の根幹にあたる部分となるので、ここについては紹介を避けておく。

「紅色の折り鶴」……ここまでのエピソードを踏まえた完結編。明治の世も進み、志鶴と真なべ屋の未来が描かれる。独立した短編としても充分面白く読める上に、全編の立派な締めくくりにもなっている、見事なラストエピソードである。

著者の伊東潤氏は、日本史上の実在人物を題材にした歴史小説の、すぐれた書き手として知られる。その伊東氏が、人情時代小説を手がけると聞いたときには、意外に思ったが、一読してみると、本書もまた、やはり伊東氏らしい作品であると感じた。

伊東流歴史小説の特長を短く言い表すならば「誇りと信念」であろうか。

歴史上の人物は、たとえば戦国武将であれば、つい単純に勝者と敗者という視点で見てしまいがちだが、多くの伊東作品では、敗者とされる人物は目的や欲望、大望を遂げられなかった悲しみを抱えながらも、己の誇りを失わず、悔いることがない。反対に、いわゆる勝者を描くときは、信念をもって大業をなしとげたがゆえの苦しみが、織り込まれて描写される。英雄であっても大悪人であっても、誇りと信念をもった一個の人間である。

　また、時代の大きなうねりを常に背景に感じるのも、伊東流の歴史小説の特長である。現代的な視点で歴史を判断することは、当時の人々の行動を軽んじることにつながりがちだが、伊東氏は綿密な史料調査と考証で、歴史上の人物の言動を、現代の私たちにもわかりやすいように、再定義して見せてくれる。

『潮待ちの宿』は、形こそ人情時代小説ではあるものの、河井継之助や長州の志士たちが、自然と庶民である志鶴や伊都と交流する場面に象徴されるように、誇りをもっているもの同士は身分の差をこえて理解し合えるという視点で描かれている。また、最初にふれたとおり、江戸から明治への転換期という背景が、物語に大きく作用している。人情時代小説であると同時に、まぎれもない伊東潤作品なのである。

（八重洲ブックセンター営業部）

本書の無断複写は著作権法上での例外を除き禁じられています。
また、私的使用以外のいかなる電子的複製行為も一切認められておりません。

文春文庫

潮《しお》待《ま》ちの宿《やど》

定価はカバーに
表示してあります

2022年4月10日　第1刷

著者　伊《い》東《とう》潤《じゅん》
発行者　花田朋子
発行所　株式会社 文藝春秋

東京都千代田区紀尾井町 3-23　〒102-8008
TEL 03・3265・1211㈹
文藝春秋ホームページ　http://www.bunshun.co.jp

落丁、乱丁本は、お手数ですが小社製作部宛お送り下さい。送料小社負担でお取替致します。

印刷製本・凸版印刷

Printed in Japan
ISBN978-4-16-791858-3